E-Z DICKENS SUPER-EROU CARTEA A TREIA:
CAMERA ROȘIE

Cathy McGough

Stratford Living Publishing

Cuprinsul

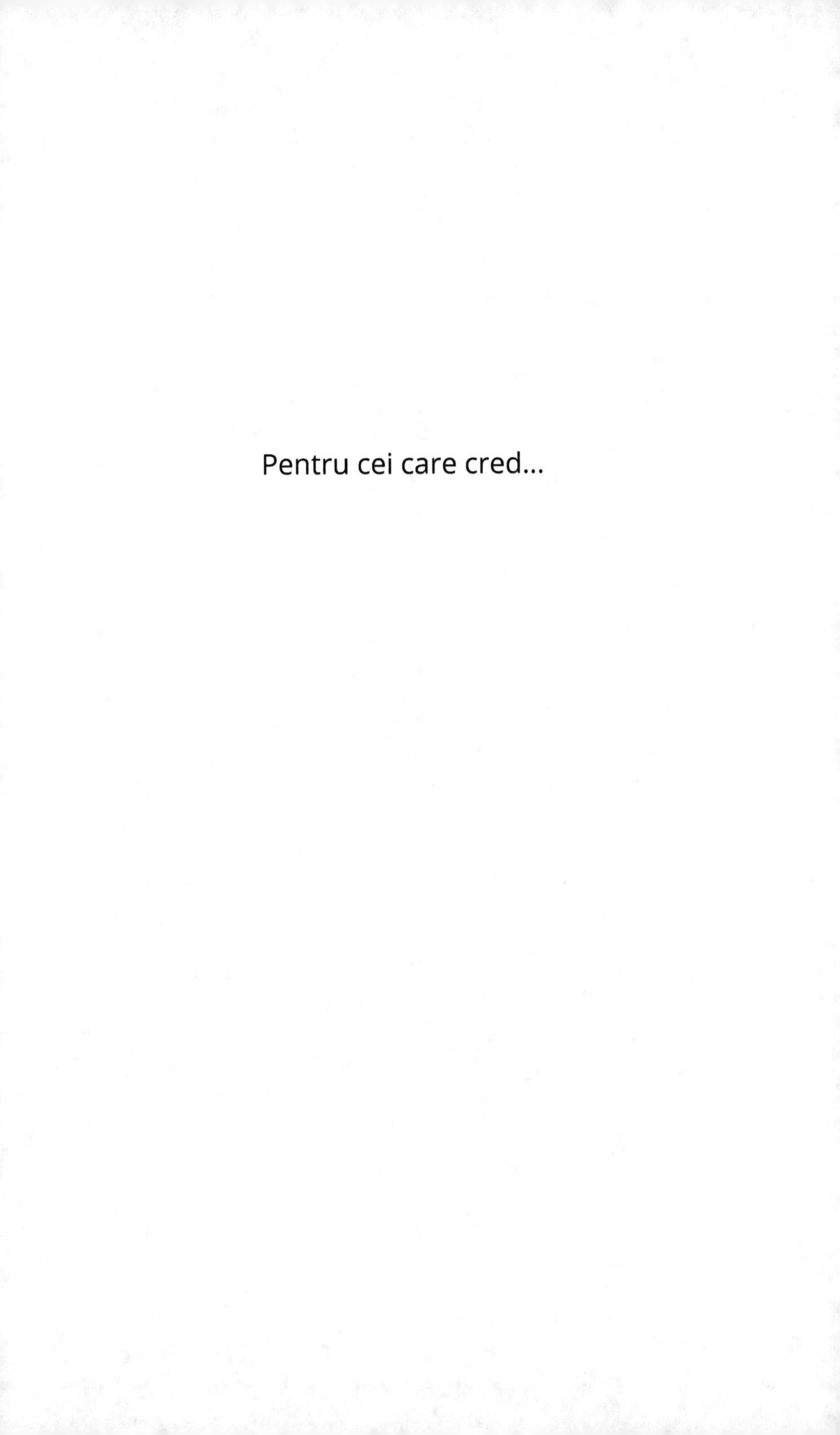

Pentru cei care cred...

"Un erou este un individ obișnuit care găsește puterea de a persevera și de a rezista în ciuda unor obstacole copleșitoare."

Christopher Reeve

PROLOGUL

TRECUSERĂ DOI ANI ȘI era 1 decembrie, ziua în care E-Z împlinea cincisprezece ani. Chiar dacă afară era un frig cumplit și fulgii de zăpadă viscoleau în jurul lor, el, familia și prietenii lui au ținut neapărat să-i organizeze petrecerea afară, unde au pregătit un foc de tabără pentru a le ține de cald și un grătar.

Acum că Samantha și Sam erau căsătoriți, gospodăria familiei Dickens era și mai ocupată. Nu era niciodată un moment de plictiseală atunci când prietenii îi vizitau.

Nunta lui Sam și a Samanthei fusese o ceremonie restrânsă, ținută la biroul de înregistrare. Lia fusese domnișoară de onoare, E-Z fusese cavaler de onoare, iar Alfred, lebăda trompetistă, fusese purtătorul de inel.

Lia făcuse mișto de Alfred pentru că era îmbrăcat cu un papion albastru marin și nimic altceva. Alfred nu fusese deranjat de această atenție, deoarece știa că se afla într-o companie bună cu alții, cum ar fi foști prim-miniștri britanici.

"Dacă marele Winston Churchill a considerat că un papion era suficient de bun pentru el, atunci este suficient de bun și pentru mine!" a spus Alfred.

"De asemenea, el fuma un trabuc mare și gras!" a spus E-Z. "Sper că nu ai de gând să te apuci să fumezi și tu unul din acelea."

Lia a chicotit.

"Fripturile sunt gata!" a strigat Sam. "Dacă vă plac în sânge, veniți să le luați acum".

Doar Samantha a venit în față cu farfuria pregătită. "Fiul tău are poftă de în sânge astăzi", a spus ea, mângâindu-și burta.

"Ce vrea fiul meu, primește", a spus Sam, ridicând o friptură în farfuria soției sale. Ea a înțepenit mijlocul în timp ce soțul ei a adăugat alături un cartof copt și câteva fire de sparanghel.

Samantha a ronțăit sparanghelul în timp ce se îndrepta spre masa de picnic. Plănuise ziua de naștere a lui E-Z ca la carte și petrecuse mult timp decorând masa însăși cu obiecte cu tematică de "La mulți ani". S-a așezat și și-a tăiat cartofii copți în două, apoi a adăugat smântână, arpagic, unt și câțiva stropi de sare.

E-Z, Lia, Alfred, Alfred, PJ și Arden au rămas pe loc, pentru că era mai cald lângă vatră mai ales. Unchiului Sam nu-i plăcea ca oamenii să dea târcoale atunci când se ocupa de grătar, așa că au stat departe de el. În plus, tuturor le plăceau mizele bine făcute și, de asemenea, le dădea ocazia să stea de vorbă singuri și să recupereze discuțiile.

"Ce părere aveți despre site-ul nostru cu supereroi?". a întrebat E-Z.

PJ și Arden s-au uitat unul la altul, apoi au ridicat din umeri.

"Haideți", a spus E-Z. "Ce părere aveți cu adevărat despre el? Știu că ați aruncat o privire pe site, pentru că Unchiul Sam m-a ajutat să mă uit la date. Nu știam că putem afla atât de multe informații, cum ar fi cine ne vizitează site-ul, cât timp stau, la ce se uită. Și v-am recunoscut adresele IP. Deci, spuneți-mi ce părere aveți despre asta?".

"Tot adevărul? Fără menajamente?" a întrebat PJ.

"Adevărul brutal?" a adăugat Arden.

"Da", a încurajat E-Z. Și-a coborât vocea până la o șoaptă. "Unchiul Sam a făcut o treabă excelentă. Totuși, nu ne adresăm publicului potrivit, deoarece nu prea avem trafic. În afară de voi doi și de o adresă IP localizată în Franța, nu am avut aproape nicio accesare.

"Câțiva oameni, ca și voi, au revenit și au verificat site-ul de câteva ori, dar nu stau mult timp. Unchiul Sam a sugerat că poate ar trebui să începem un buletin informativ, să-i facem pe oameni să se înscrie și să le trimitem actualizări, dar nu știu. Toată lumea face buletine de știri în zilele noastre și pare a fi foarte mult de lucru. Unchiul Sam mi-a arătat că s-a înscris la vreo cincizeci de astfel de buletine!

"În ceea ce privește cererile de ajutor - care este întregul motiv pentru care am înființat un site - până acum tot ce ni s-a cerut să facem au fost lucruri de care se ocupă oficialii locali, cum ar fi poliția și pompierii. Nu-mi place ideea ca noi să ne grăbim să salvăm o pisică într-un copac și să apară pompierii în echipament complet pentru a face aceeași treabă. Este ineficient atât pentru ei, cât și pentru noi. Și este jenant când apar exact când noi terminăm. Timpul lor este prețios - salvează vieți în fiecare zi. Se simte lipsă de respect, dacă înțelegeți ce vreau să spun? Ei salvează vieți și sunt de gardă 24 de ore din 24, 7 zile din 7.

"Cred că avem nevoie de solicitări care să fie în afara tărâmului lor, astfel încât, să nu le irosim timpul și să nu le îngreunăm munca mai mult decât o fac deja. Îmi pare rău pentru un discurs atât de lung, dar, când mă gândesc la tot ce au făcut, după accidentul cu părinții mei..."

PJ și Arden s-au aplecat mai aproape și au șoptit. Nu voiau să-i rănească sentimentele lui Sam - la urma urmei, nu erau experți - sau să riște ca acesta să îi audă și să le ardă fripturile.

"Uh, am înțeles perfect ce vrei să spui", a spus PJ. "În plus, poliția și pompierii sunt servicii esențiale și sunt plătiți să salveze oameni. În timp ce voi toți sunteți voluntari".

"Așadar, site-ul lor și prezența lor online în social media este diferită de cum ar trebui să fie a voastră", a spus Arden. "Și au o mulțime de personal, pe mai multe niveluri, pentru a menține și a ține totul la zi."

"În timp ce site-ul vostru, are nevoie de ceva mai mult de supereroi - dacă ăsta este măcar un cuvânt - și mai puțin de Corporație. Ca și legendele, cei pe urmele cărora porniți pe urmele lor. Uită-te la unele dintre site-urile create pentru ei - și sunt personaje fictive. Imaginați-vă ce am putea face noi dacă le-am urma exemplul", a spus Arden.

"Cum ar fi ce? Știu că voi aveți idei, așa că împărtășiți-le", a spus E-Z.

"Ei bine, după cum probabil v-ați dat seama, am făcut un brainstorming între noi doi. Și am alcătuit un site de punere în scenă - nu este live și nu va fi până când nu îl veți aproba - a ceea ce ar putea fi site-ul vostru. Este pe telefonul meu. Uitați-vă și vedeți ce vrem să spunem și gândiți-vă la posibilități, deoarece acest lucru a fost făcut de noi destul de repede." PJ a apăsat pe start. Cei Trei s-au aplecat înăuntru.

Pe ecran au apărut mai întâi cuvintele: "Bine ați venit pe site-ul supereroilor de la Cei Trei". Apoi s-a făcut un zoom pe E-Z în formă animată. El stătea în scaunul său cu rotile, așa cum era de așteptat, purtând un tricou negru, blugi albaștri și o pereche de pantofi de alergare.

E-Z s-a bătut pe cap când a văzut cât de mult semăna cu o sticlă de sticlă dunga neagră din mijlocul părului său blond. Nu se putea obișnui niciodată cu ea.

"Ce-i asta, pe tricoul, blugii și pantofii mei? Este un, logo? Și cum m-ai transformat într-un desen animat?"

"Da, este un logo. Ne-am gândit că aripa de înger era cool și potrivită", a spus Arden.

"Am folosit o aplicație pentru a te transforma într-un desen animat", a spus PJ. "Am făcut niște editare, pe brațele tale. Sper că nu am exagerat".

E-Z's s-a uitat mai atent, în timp ce versiunea animată a lui însuși își încrucișa brațele. Acum, antebrațele sale destul de mai voluminoase i-au atras atenția și obrajii i s-au înroșit. Arăta ca un ponosit, un impostor. Oare prietenii lui chiar credeau că arăta mai bine așa? A încremenit când a apărut E-Z pe aripile ecranului. A plutit în aer și a arătat cu degetul.

Aceasta a fost prima prezentare a Liei. A sosit și ea în formă animată. Lia era îmbrăcată din cap până în picioare într-o salopetă mov cu un tutu. Părul ei blond era strâns într-o coadă de cal, iar peste ochi avea o pereche de ochelari de soare mov. Arăta săltăreață, prietenoasă și drăguță în timp ce traversa ecranul. S-a întors și s-a oprit, ca un model pe o pasarelă și a pozat.

E-Z a luat în derâdere; nu s-a putut abține.

"Ei bine, cel puțin eu nu arăt ca o pozează cu mușchi falși!", a spus ea.

E-Z nu a comentat.

Lia animată și-a întins brațele în față, cu palmele îndreptate spre pământ. Apoi, iată, le-a întors. Ochiul stâng din palma ei s-a deschis, urmat de cel drept. În sincronizare, au clipit. Lia și-a menţinut poziţia, apoi a fluierat printre degete.

"Aș vrea să pot face cu adevărat asta!", a spus ea, încercând să imite versiunea animată a ei însăși.

E-Z a fluierat.

"Dă-te mare", a spus ea, dându-i un cot.

Acum, pe ecran a apărut Micuţa Dorrit. Era elegantă și feminină, și albă ca zăpada. Unicornul a zburat spre Lia, a aterizat și și-a lăsat capul în jos pentru ca fetiţa să o poată mângâia. Lia a sărit pe ea, iar Micuţa Dorrit a zburat alături de E-Z. Au plutit, apoi și-au întors capetele.

Acesta a fost semnalul lui Alfred. În forma de desen animat, ciocul său portocaliu strălucitor părea să strălucească în lumină. Era în contrast direct cu papionul său roșu ca un măr de bomboane. În timp ce se îndrepta spre Lia și E-Z, picioarele sale palmate au foșnit ca niște ventuze.

"Picioarele mele nu fac sunetul ăsta!" a spus Alfred.

"Uh, și ele fac", a spus E-Z cu un zâmbet, în timp ce Alfred de pe ecran și-a întins aripile și a zburat spre partea celor doi camarazi ai săi.

Cei trei au pozat. E-Z era în mijloc, cu faţa spre Lia în stânga, iar Alfred în dreapta. Apoi s-a întâmplat. Cei Trei - ei bine, Lia și E-Z au ridicat degetul mare. Alfred, la rândul lui, a făcut un gest de ridicare a aripilor.

"Este jenant", i-a șoptit E-Z lui Alfred.

"Nu mai spune!"

"Shhhh", a spus Lia în timp ce vocea din off de pe ecran a intrat în acțiune. Era vocea lui Arden, dar tonul său era mai scăzut. Părea a fi gazda unei emisiuni de jocuri.

"Dacă aveți nevoie de un supererou... E-Z, Lia și Alfred - cunoscuți și sub numele de Cei Trei - sunt la dispoziția dumneavoastră douăzeci și patru de ore pe zi, șapte zile pe săptămână. Sunați la ***-***-**** sau trimiteți un mesaj prin intermediul rețelelor de socializare.

Când ai nevoie de cineva care să te ajute...sună-i pe Cei Trei. Ei vor fi acolo pentru tine... imediat. Poți conta pe ei...pentru că sunt cei mai buni pe care îi vei vedea. Douăzeci și patru de ore pe zi, șapte zile pe săptămână...satisfacție garantată."

"Și acum, marele final", a spus Arden.

Cei Trei și-au încrucișat brațele peste piept. Alfred și-a încrucișat aripile.

"Ăăă, asta nu e posibil", a spus Alfred.

"Shhhh", a spus Lia.

Fiecare cu bărbia împinsă în față, unul după altul Cei Trei au făcut o poză.

PJ a apăsat pe pauză.

"Ținând cont de ceea ce ai spus despre jurisdicții, s-ar putea să trebuiască să schimbăm această parte", a spus el. A apăsat pe start.

"Nicio treabă nu este prea mare sau prea mică pentru noi!" O versiune computerizată a vocii lui E-Z a spus.

Apoi, un cerc din centrul ecranului s-a învârtit în jurul lui, ca un wi-fi care încerca să găsească un semnal. Acum, cuvântul BAM! a umplut ecranul. Apoi cuvântul SOCKO!

Au privit cum E-Z a salvat o pisică care era blocată sus într-un copac.

"Oh, frate", a spus el.

Vocea personajului său animat a continuat.

"Noi suntem Cei Trei

Suntem aici pentru tine!

Pisica blocată într-un copac...

O să o dăm jos pentru tine!"

E-Z a fost arătat în timp ce înmâna pisica salvată unei familii.

"Uh, asta nu s-a întâmplat niciodată", a spus el.

"Noi, uh, ne-am luat o mică licență poetică", a recunoscut Arden.

"Putem repara orice nu vă place", a spus PJ.

Acum, cercul a apărut din nou pe ecran, învârtindu-se în cerc. Când s-a oprit, pe ecran a apărut cuvântul BANG! Urmat de cuvântul ZIP!

Pe ecran se vedea E-Z animat salvând un avion plin de pasageri. În timp ce a lăsat avionul la sol, sute de observatori care așteptau pe pistă au aplaudat.

"Așa mai merge", a spus el.

"Shhh", a spus Lia.

Pe ecran, E-Z a spus,

"Pentru că suntem prietenii tăi!

Serviciile noastre sunt gratuite.

24/7

Pentru că noi suntem Cei Trei!"

Cerc din nou, învârtindu-se în cerc. Urmat de BINGO! Și BAM!

Acum salvarea din roller-coaster a fost recreată în formă animată. A fost foarte bine. Atât de precis încât se simțea mirosul de bomboane și porumb caramelizat.

"Oh!" a spus E-Z.

Lia a aplaudat.

Alfred și-a scuturat gâtul dintr-o parte în alta ca și cum ar fi fost stropit recent cu apă foarte rece.

"Îmi place la nebunie!" a spus Lia. "Și mulțumesc că ai inclus culoarea mea preferată. De unde ai știut?".

"Am observat, o porți foarte des", a spus PJ. Obrajii lui s-au înroșit. "Mă bucur că îți place".

"Ce părere ai, E-Z?". a întrebat Arden.

Alfred a aruncat o privire în direcția lui E-Z.

"A fost...", a spus E-Z, "uh... un efort bun".

"Cina e gata, veniți să o luați!" a strigat Sam.

"Lasă-l pe sărbătorit să meargă primul", a spus Samantha.

E-Z și-a croit drum prin curte, cu Alfred.

"Vorbind despre sincronizarea perfectă", a spus el.

"Da, ăstia doi sunt tot niște prostovani", a răspuns Alfred.

"Dar inimile lor sunt la locul potrivit. Este o idee inteligentă, doar că e puțin cam exagerată pentru noi."

"Un pic?" a țipat Alfred.

"Bine, mult, dar au încercat. Putem păstra ceea ce ne place și scăpa de restul."

După ce și-au luat cu toții mâncarea, s-au așezat la masa de picnic și au mâncat. Cerul s-a schimbat, iar stelele strălucitoare au umplut cerul în jurul lor. Au mâncat pe săturate, apoi Samantha a scos tortul de ziua ei pe care îl făcuse și toată lumea a cântat "La mulți ani!".

"Discurs! Discurs!" a certat Arden și în curând toată lumea s-a alăturat.

E-Z s-a gândit câteva secunde.

"Mulțumesc că mi-ați făcut ziua de 15 ani specială. Aș vrea să mă opresc un minut pentru a-mi aminti de mama și de tata și pentru a împărtăși cu voi o amintire de ziua mea. Dacă nu vă deranjează? Promit că nu voi fi prea sentimental."

Toată lumea a dat din cap.

Samantha, care de când a rămas însărcinată era mereu emotivă. Fie că era vorba de lacrimi fericite sau de lacrimi de șezut, a șters una înainte ca el să înceapă. "Sunt bine", a spus ea, în timp ce Sam o cuprindea cu brațul.

"A fost la a cincea mea aniversare. Nu am vrut o petrecere și am cerut să mergem să vedem un film în schimb. În loc să ne uităm în ziar, ca să aflăm ce rulează, am decis să ne dăm cu stângu-n dreptu' și să decidem ce să vedem pe loc. Oricum ar fi fost, au spus că puteam să aleg eu, pentru că eram sărbătoritul zilei de naștere."

A închis ochii pentru o secundă.

Era din nou acolo, la teatru. Acolo era mama, îmbrăcată într-o parka. Avea căștile pe urechi și își freca mâinile așa cum făcea întotdeauna. Mama purta întotdeauna mănuși și se plângea că îi înghețau degetele.

Tata avea o haină albastră până la genunchi peste blugi. Nu-i plăcea să poarte pălărie în oraș, pentru că i-ar fi încurcat părul. Mâinile lui erau fără mănuși. Bagate în buzunarul hainei, împreună cu cheile.

E-Z a adulmecat aerul. Simțea mirosul floricelelor de porumb cu unt din interiorul cinematografului, așteptând să intre și să le comande.

Se uitau la afișe.

"Ce zici de ăla?", a spus mama lui.

"Nu, E-Z îl preferă pe acela?", a spus tatăl său.

A deschis din nou ochii.

În loc să fie în curtea din spate cu familia și prietenii lui, era din nou în siloz - din nou. Nu se mai întorsese acolo de când arhanghelii au renegat înțelegerea lor.

"La mulți ani!", a exclamat vocea din perete.

Un panou s-a deschis în peretele de lângă el și a ieșit o prăjitură. În partea de sus scria: "La mulți ani, E-Z". În centru era o singură lumânare deja aprinsă.

"Poftă bună!", a spus vocea, lăsând să cadă un cuțit și o furculiță pe masa de lângă el.

"Uh, mulțumesc", a spus el. "De ce mă aflu aici?"

"Timpul de așteptare este de patru minute", a spus vocea enervantă. "Vă rugăm să rămâneți la locul dumneavoastră."

De parcă ar fi avut de ales în această privință.

Capitolul 1
ZIUA DE NAȘTERE ÎNTRERUPTĂ

E-Z NU S-A ATINS de prăjitura din fața lui, deși arăta și mirosea bine. Se întreba ce se întâmpla la petrecerea lui. Cel puțin știa că nu puteau să taie tortul până când nu sufla în lumânări și nu-și punea o dorință. Ce mai petrecere aniversară acasă, când el nici măcar nu era acolo!

"Scoateți-mă de aici!", a strigat el. "Pierd propria mea petrecere de cincisprezece ani și eram în mijlocul unei povești."

Acoperișul silozului s-a deschis în cascadă și Eriel a zburat spre el ca un fulger în furtună.

"Mă bucur să te revăd, fost protejat", a spus el.

"Sentimentul nu este reciproc. De ce mă aflu aici? Credeam că am terminat cu voi toți și este ziua mea de naștere - trebuie să mă întorc la ea."

"Da, îmi cer scuze pentru momentul ales - dar nu puteam să lăsăm să treacă ziua ta de naștere fără măcar să-ți urăm una bună."

"Uh, mulțumesc, cred."

"Și dacă tot ești aici, de ce nu iei parte la prăjitura de ziua ta? Și nu uita să-ți pui o dorință - vei avea nevoie de tot ajutorul pe care îl poți primi!", a spus arhanghelul cu un chicotit.

Pe lângă E-Z, o fereastră s-a deschis și un braț mecanic a ieșit purtând un chibrit aprins. A aprins fitilul, apoi s-a retras înapoi în perete atât de repede încât chibritul s-a stins singur. E-Z s-a uitat la lumânarea pâlpâitoare. S-a întrebat ce însemna ultimul comentariu, dar s-a gândit că Eriel îl păcălea. Creierul lui s-a golit. Nu se putea gândi la niciun lucru pe care să și-l dorească. În afară de asta, era din nou acasă, cu prietenii și familia lui, sărbătorindu-și ziua de naștere. În timp ce sufla în lumânare, Eriel a început să cânte. A fost o interpretare răsunătoare a piesei "Pentru că este un tip vesel și bun, ceea ce nimeni nu poate nega".

"Fără supărare", a spus E-Z, "dar ar trebui să cânți "La mulți ani"."

"Gândul contează", a spus Eriel. "Acum că am încheiat segmentul aniversar al vizitei voastre, am vrea să știm: ați rezolvat ghicitoarea?"

"Ghicitoarea? Ce ghicitoare?"

"Da, ți-am sugerat să încerci să faci conexiuni - în încercările tale din trecut. Îți amintești când am spus că nu vrem să te hrănim cu lingurița? Ai reușit să faci asta?"

"Oh, nu mi s-a părut o prioritate sau o ghicitoare pe care să o rezolv, mai ales că ați dat greș în privința ofertei voastre. Dar da, scriam în carnețelul meu, făcând o evidență a lucrurilor pe care le-am realizat până acum, și am observat câteva legături cu jocurile de noroc, dar au fost pure coincidențe."

"Coincidență! Categoric nu. Incidentele sunt legate între ele - oricine poate vedea asta!" a spus Eriel, păstrându-și vocea scăzută pentru a nu-și pierde cumpătul.

"Uh, îmi pare rău, dar coincidențele se întâmplă tot timpul. Știți câți copii se joacă pe calculator? Am căutat pe internet. Din 2011 se spunea că nouăzeci și unu la sută dintre copiii cu vârste cuprinse între doi și șaptesprezece ani se joacă în fiecare zi. Asta înseamnă aproximativ șaizeci și patru de milioane de copii din întreaga lume."

"Ah, deci ai ajuns la zero. Asta e bine. Ți-ai mai dat seama de ceva în legătură cu asta? Sau vreo îngrijorare pe care ați putea-o avea? Vreun motiv pentru care ar trebui să vă documentați mai mult - cercetarea este bună. Inițiativa este foarte, foarte, foarte bună".

"Nu. Sunt destul de ocupat, cu alte lucruri - școală și altele. În plus, dacă vrei să continui să cercetez - mai întâi va trebui să mă convingi că este ceva mai mult decât o coincidență. Am mai verificat câteva statistici. De exemplu, există mai multe fete care joacă jocuri de noroc decât oricând înainte. Multe dintre ele și-au creat afaceri pe YouTube și își câștigă existența.

Nu sunt copii, bineînțeles, dar din statisticile pe care le-am citit online, începând cu 2019, patruzeci și șase la sută dintre gameri sunt fete."

Eriel și-a bătut degetul lung și osos pe bărbie, ca și cum ar fi meditat la ceea ce îi spusese E-Z. "Ah, din nou sunt impresionat. Nu ți se par îngrijorătoare aceste statistici?".

"Uh, nu, nu le consider." A inspirat adânc pierzându-și răbdarea de a nu-și mai rata ziua de naștere. "Este important să facem asta astăzi? Nu poți să mă aduci aici altă dată? Nimic din ceea ce vorbim nu pare critic."

Eriel s-a oprit din bătut și sprânceana lui dreaptă s-a ridicat. L-a fixat cu privirea pe sărbătorit.

"Sau este?" a întrebat E-Z.

Eriel a așteptat înainte de a răspunde. Și-a înfășurat limba în jurul cuvintelor, de parcă ar fi avut probleme în a le scoate. Și-a ridicat tonul vocii la soprană și a spus: "An-y-thin-g el-se a-bou-t tho-se t-wo in-ci-de-nts? An-y-thin-g to ca-use a-l-a-rm? To s-et a f-ire un-ire un-der you?"

E-Z ar fi vrut ca Eriel să spună pe litere și să treacă la subiect. Nu voia să se facă de râs afirmând ceva evident sau greșind.

"Raphael a avut dreptate, ești cam îngâmfat."

"Hei!" a strigat E-Z. "Dacă ai nevoie de ajutorul meu, te apuci să îl obții într-un mod foarte ciudat." Și-a trecut degetul prin glazura de pe prăjitură și și-a supt degetul. Avea un gust bun, ca de vată de zahăr.

"Uciderea. Unul a încercat să mă omoare, iar celălalt a ucis oameni într-un magazin. Amândoi au spus că motivele lor erau legate de joc."

"La fix", a spus Eriel.

"Și?"

"Nu contează!" Eriel a dispărut prin tavan, cântând: "Gros ca o cărămidă, gros ca o cărămidă, gros ca o cărămidă, gros ca o cărămidă".

E-Z și-a ridicat pumnii în aer. "Să te întorci aici și să-mi spui asta în față!"

Râsul lui Eriel a răsunat, ricoșând în pereți.

PFFT.

"Uh, mulțumesc", a spus E-Z, apoi s-a regăsit acasă, la petrecerea lui. Toată lumea era ocupată, jucându-se, făcându-și propriile lucruri - ca și cum el nu ar fi fost deloc acolo - ceea ce nu fusese.

L-a privit pe Sam cum îi venea rândul la mingea cu scărițe. Nu era deosebit de bun la asta, dar E-Z s-a dus și a urmărit oricum a doua lui încercare. După ce și-a terminat aruncarea, ratând complet ținta, s-a dus lângă nepotul său.

"Văd că încă te străduiești să prinzi gustul acestui joc", a spus E-Z.

"Da, este un talent dobândit. Apropo, unde ai plecat?".

"Eriel a vrut să-mi ureze la mulți ani, printre altele."

"Uh, a fost drăguț din partea lui. Nu-i așa?"

"Ei bine, îl știi pe Eriel. El nu face niciodată nimic fără un motiv. În acest caz, a vrut ca eu să fac o legătură bazată pe o amintire."

"O amintire despre ce? A părinților tăi? De accident?":

"Nu, a vrut să fac o legătură între doi dintre instigatorii procesului. Ceea ce, apropo, am făcut. Apoi a plecat spunând că sunt groasă ca o cărămidă."

"Ce nepoliticos!" a exclamat Lia. Ascultase de când se plictisea de moarte de jocul de aruncat mingea.

"Și chiar de ziua ta", a spus Alfred. El era chiar mai deznădăjduit decât Sam, de vreme ce trebuia să arunce mingile folosindu-se de cioc.

"Vrei să încerci?" a întrebat PJ, înmânându-i mingea lui E-Z, care și-a repoziționat scaunul în fața țintei, apoi a aruncat mingea. Aceasta a lovit treapta superioară, s-a învârtit de câteva ori și a aterizat în poziția premium.

"Așa se face!" a spus Sam.

"PJ și cu mine am aruncat astfel de mingi pe tot parcursul jocului", a spus Arden.

"Ah, dar tu nu ești nepotul meu", a răspuns Sam.

Petrecerea a continuat până când a fost prea întuneric pentru a mai juca alte jocuri și toată lumea a decis să nu mai cânte. PJ și Arden s-au îndreptat spre casă, în timp ce E-Z și restul găștii s-au dus la culcare.

Capitolul 2
PROBLEME

La două zile după petrecerea aniversară a lui E-Z, PJ și Arden s-au trezit cu ceva probleme.

Lia a fost cea care a avut o viziune că ceva nu era în regulă. Ea și-a amintit viziunea lui Alfred și E-Z: "Era ca și cum ar fi fost în transă. Și amândoi stăteau la birourile lor, uitându-se la ecrane de calculator goale".

"Nimic neobișnuit în asta", a spus E-Z. "Se joacă adesea jocuri împreună și poate că dormeau."

"Cu ochii deschiși?"

"Bine, hai să mergem acolo", a spus E-Z.

"Este în mijlocul nopții!" a exclamat Alfred.

"Totuși, ar fi bine să verificăm."

Cei Trei s-au furișat afară din casă, hotărând să meargă mai întâi la PJ, deoarece al lui era cel mai aproape.

"Nu cred că părinții lui vor aprecia o vizită atât de târzie", a spus Alfred.

"Vor înțelege", a spus Lia, în timp ce a sunat la soneria de la ușa din față.

Câteva clipe mai târziu, un bărbat foarte somnoros, frecându-și ochii, a aruncat ușa în pijama - tatăl lui PJ.

"Cine este?", a strigat mama lui dinăuntru.

"Sunt prietenii lui PJ", a spus tatăl său. "S-a întâmplat ceva?"

"Uh", a spus E-Z, "Ne pare rău că vă deranjăm, dar, chiar trebuie să-l vedem pe PJ. Este urgent".

"Atunci ar fi bine să intrați", a spus tatăl lui PJ.

Capitolul 3
MAI DEVREME

MAI DEVREME ÎN CURSUL serii, PJ și Arden au lucrat la site-ul web al supereroilor. Au actualizat informațiile și au adăugat câteva elemente noi.

În trecut, când venea o cerere de asistență, un e-mail era trimis în căsuța de primire. Data viitoare când cineva se conecta, îl vedea și răspundea în consecință. Cu noul sistem, E-Z, Arden și PJ primeau instantaneu mesaje text.

În plus, persoana care cerea solicitarea ar primi un răspuns automat cu o dată și o oră. PJ și Arden erau siguri că acest upgrade automatizat ar crește încrederea și ar aduce mai mult trafic pe site.

PJ și Arden au configurat, de asemenea, un canal YouTube cu un Podcast. Acesta era un lucru nou cu care veniseră la o sesiune de brainstorming. Erau entuziasmați să îi spună lui E-Z despre asta. Ar fi o modalitate excelentă de a crește prezența online a celor Trei. De asemenea, au creat un forum comunitar pentru discuții deschise.

Sistemul a clasificat, de asemenea, mesajele primite. De exemplu, salvarea unei pisici dintr-un copac. Cei Trei primiseră mai multe cereri pentru acest serviciu. Deoarece oficialii locali erau mai bine pregătiți pentru a răspunde la aceste apeluri, PJ și Arden au făcut din aceasta un Cod Albastru.

Un Cod Albastru însemna că, până când E-Z ajungea acolo pentru a salva pisica, aceasta fusese deja salvată. Un Cod Albastru a indicat că ar trebui să aștepte, pentru a vedea dacă situația a fost rezolvată înainte de a pleca.

Un Cod Galben putea fi faptul că cineva și-a uitat cheile sau și-a încuiat cheile în mașină. Din nou, în momentul în care E-Z a ajuns acolo, situația fusese deja rezolvată. Din nou, sfatul a fost de a aștepta și de a verifica înainte de a pleca.

Prin clasificarea în categorii a cazurilor albastre și galbene, E-Z și echipa sa se puteau concentra pe apelurile mai importante, adică pe codurile roșii.

Un Cod Roșu era atunci când viețile sau membrele erau în pericol. De când a fost creat site-ul, Cei Trei nu primiseră nicio solicitare din această categorie.

Mulțumiți de cât de multe realizaseră, au decis să se descarce puțin. S-au alăturat unui joc multiplayer.

"Trei fete", i-a tastat PJ lui Arden.

"Le putem învinge!", a răspuns el.

Jocul a început și, la început, totul a decurs ca de obicei. Le-au bătut pe fete, urcând nivel după nivel, omorând tot ce vedeau. Apoi, brusc, totul s-a oprit brusc.

Capitolul 4

LOCUL LUI PJ

Acum, Cei Trei și părinții lui PJ s-au îndreptat pe coridor spre camera lui. Ceea ce au văzut era în mare parte așa cum își imaginase Lia. Diferența era că ecranul computerului era încă aprins. Acesta clipea și pâlpâia în timp ce PJ părea să doarmă adânc.

"Ce s-a întâmplat cu el?" a întrebat mama lui PJ. "Ar trebui să fie în pat, dormind. Uită-te la postura lui. Probabil că este deshidratat. O să-i aduc un pahar cu apă".

Tatăl lui PJ s-a mutat în cealaltă parte a camerei și a scuturat umerii fiului său. Se aștepta ca fiul său să se trezească, dar nu s-a trezit. În schimb, a alunecat pe scaun și ar fi căzut pe podea dacă tatăl său nu l-ar fi prins. Și-a luat fiul în brațe și l-a așezat pe patul său.

Mama lui PJ s-a întors, a așezat apa pe măsuța laterală, apoi și-a pus buzele pe fruntea fiului ei. "Nu are febră", a spus ea.

Tatăl lui PJ a ridicat pleoapa dreaptă a fiului său și a văzut că nu i se vedea decât albul ochilor. "Sună la 911", a exclamat el.

"Nu, cred că ar trebui să-l sunăm pe medicul nostru de familie, doctorul Flanelă", a spus mama lui PJ. "A mai venit aici pentru o vizită la domiciliu. Când a fost o urgență - și asta este cu siguranță o urgență."

"Doamnă Handle", a spus E-Z, "Va fi bine".

"Bineînțeles că va fi", a răspuns ea, în timp ce domnul Handle a ieșit din cameră pentru a-l chema pe doctorul Flanel."

Când s-a întors, au așteptat cu toții împreună în tăcere, privindu-l pe PJ în timp ce dormea. De parcă se așteptau ca el să sară în sus și să înceapă să se prostească. Ar fi fost ca și cum ar fi fost el să se joace. Să-i păcălească.

Domnul Mâner era agitat, dând din picior în sus și în jos în timp ce stătea. S-a ridicat în picioare, s-a deplasat prin cameră și s-a aplecat să se uite la hard disk. A ridicat piciorul, de parcă voia să-l lovească cu piciorul, dar în ultima clipă s-a răzgândit și a scos cablul din priză.

Au privit, cum domnul Mâner a început să tremure din tot corpul, până când a scăpat priza. S-a întors și s-a îndreptat spre ei. În spatele lui, fumul se revărsa din hard disk. Câteva secunde mai târziu, ecranul monitorului s-a crăpat.

"Luați stingătorul de incendiu!" a strigat Alfred, dar E-Z apucase deja paharul cu apă și îl aruncase pe cutie. Acesta a sfârâit și s-a alăturat ecranului, ambele absolut moarte.

Mama lui PJ a alergat la soțul ei și l-a ajutat să se așeze. "Doctorul poate să se uite și la tine când ajunge", a spus ea. "Ești atât de norocos. Nu pot suporta ca voi doi să fiți răniți".

"Sunt bine", a spus domnul Mâner.

Dar pentru Cei Trei nu părea să fie bine. Era palid, puțin verde și puțin cenușiu.

"Nu vă agitați", a spus domnul Mâner. "Mulțumesc pentru că te-ai gândit repede, E-Z". Apoi către soția sa: "Bine că ai adus apa aia."

"PJ va fi foarte supărat când va vedea că i s-a stricat calculatorul".

"Acum, acum", a spus domnul Handle. "O să înțeleagă".

Era clar că se simțea mai bine, căci Cei Trei au observat că respirația îi revenise la normal, la fel ca și paloarea.

Deoarece totul părea în ordine, E-Z l-a menționat pe Arden. "În timp ce-l așteptați pe doctor, trebuie neapărat să-l verificăm pe Arden. Credem că ar putea fi într-o stare similară."

"Se joacă adesea împreună, dar ce naiba ar fi putut provoca asta?". a întrebat domnul Handle.

"Nu știu, dar vă supărați dacă mă duc să văd ce face Arden?".

"Mergeți înainte", a spus doamna Handle.

"Lia va rămâne aici cu tine", a spus E-Z. "Ea ne poate ține la curent, iar dacă aveți nevoie de noi, ne vom întoarce imediat."

"Mulțumesc, E-Z, și Alfred", a spus domnul Handle, în timp ce îi însoțea până la ușa din față.

Capitolul 5

LOCUL LU ARDEN

E-Z ȘI ALFRED S-AU îndreptat spre casa lui Arden. Înainte ca ei să apuce să bată la ușă, tatăl lui Arden, domnul Lester, a deschis ușa.

"De unde ați știut?", a întrebat el.

E-Z nu a putut să-i spună adevărul. Așa că, în schimb, a improvizat o minciună. "Uh, am fost cel mai bun prieten al lui Arden toată viața mea, așa că îmi cam dau seama când ceva nu este în regulă. Pot să îl văd?"

"Sigur, intră în camera lui", a spus mama lui Arden, doamna Lester. "Nu vă alarmați. El doar doarme. Se va face bine mâine dimineață".

Domnul Lester și-a luat soția de mână și a condus-o pe hol până la locul unde Arden dormea adânc.

"Oh", a exclamat Alfred, când l-a văzut. "Arată de parcă ar fi în stare de șoc".

"Uită-te sub pleoapele lui", a spus domnul Lester.

E-Z a tras înapoi pleoapa prietenului său. Pupila lui PJ era vizibilă, dar era mai mare și părea că ar putea să explodeze din orbită în orice moment. A închis din nou pleoapa peste ea.

Alfred Hoo-hoo'd. Asta au auzit Lester. Ceea ce a spus el a fost: "Ce naiba ar putea cauza asta? Frica? Sau ceva mai grav, cum ar fi o criză?"

E-Z a ridicat din umeri fără să răspundă. Lesterii erau deja destul de speriați și stresați, plus că tot ce ar fi făcut ar fi fost să ghicească.

"Unde l-ați găsit mai exact?" a întrebat E-Z.

"Stătea în fața calculatorului său", a spus doamna Lester.

"Ecranul era aprins?", a întrebat el.

"Da, era", a spus doamna Lester. "Am dat un telefon la medicul nostru de familie. Este ocupat acum, la un alt apel, dar ne va contacta."

"Au chemat deja un doctor de la PJ, un anume doctor Flanelă. Lasă-mă să o sun pe Lia să văd dacă a pus deja un diagnostic."

"Sunt aproape la fel", a spus el.

"Cum adică, aproape?"

A ieșit din cameră cu rotile. Nu era nevoie să-i îngrijoreze pe cei din familia Lester mai mult decât erau deja. A șoptit în telefon: "Pupilele lui sunt încă vizibile, dar sunt uriașe. Ca niște răni, pe cale să se spargă!"

"Oh, ce scârbos!" a spus Lia. "Poate ar trebui să meargă la spital?" "Au sunat la medicul lor de familie, dar nu este disponibil. Așa că, anunță-mă în momentul în care doctorul Flanelă își dă avizul și îl voi transmite mai departe. Ar fi bine să-i spui despre ochiul lui Arden și să vezi dacă te sfătuiește la spitalizare imediată."

"Așa voi face. O să ținem legătura."

Le-a explicat totul soților Lester. Aceștia se uitau în față, cu fețele goale. Era îngrijorat de felul în care luau totul.

"Vrea cineva o ceașcă de ceai?". a întrebat doamna Lester.

"Nu, mulțumesc", a spus E-Z. Doamna Lester era una dintre acele mame care credeau că ceaiul poate rezolva majoritatea problemelor.

Domnul Lester și-a urmat soția în bucătărie.

"De obicei nu te alături jocurilor lor?". a întrebat Alfred, acum că el și E-Z erau singuri cu Arden.

"Câteodată", a spus E-Z, "dar în ultima vreme, dacă am timp liber, de obicei îl petrec scriind. Nu prea am mult timp pentru mine zilele astea."

"De înțeles. Îmi pare rău dacă stau prea mult prin preajmă."

"Nu, este în regulă. Trebuie să mă organizez mai bine. Lucrările de la școală sunt din ce în ce mai complicate, știi că suntem pe drumul spre o carieră și absolvire. Vor să știm unde mergem, iar noi nici măcar nu știm unde suntem încă."

"Îmi amintesc acele zile, dar o să vă dați seama. Oricum, mă bucur că nu jucai jocul cu ei - altfel ai fi putut fi în aceeași stare în care sunt ei."

"Adevărat. Nu-mi pot imagina ce i-ar putea speria atât de mult... dacă asta s-a întâmplat. Vreau să spun că un joc este un joc - nu realitatea. Trebuie să fi fost o competiție dată naibii."

Familia Lester s-a întors în camera fiului lor.

"Ce s-a întâmplat?" a țipat doamna Lester.

Pleoapele lui Arden erau acum deschise, dezvăluind interiorul complet alb. La fel ca PJ, pupilele îi dispăruseră.

E-Z a avut o senzație de déjà vu în timp ce domnul Lester a traversat camera și s-a aplecat să îl deconecteze.

"Opriți-vă!" a strigat E-Z. "Nu-l atingeți!"

Domnul Lester a încremenit în loc.

"Domnul Mâner aproape că s-a electrocutat când l-a atins. Cel mai bine ar fi să-l lăsăm în pace."

"Oh, slavă Domnului că erați aici și m-ați avertizat", a spus domnul Lester.

"Da, vă mulțumesc E-Z. Nu m-aș fi descurcat dacă fiul meu și soțul meu ar fi fost amândoi răniți. Pur și simplu nu aș putea". A traversat camera și și-a strâns brațele în jurul soțului ei.

"După aceea, computerul lui s-a blocat, ecranul s-a spart și a ieșit fum din el", a explicat E-Z. "Așadar, computerul lui PJ este sfârtecat, prăjit - prăjit. În timp ce computerul lui Arden este încă intact. Dacă ne dăm seama cum să intrăm în el - în siguranță - poate, putem afla ce s-a întâmplat cu ei. Mai întâi, trebuie să-l sun pe Unchiul Sam și să-i cer ajutorul. El este un tehnician IT, așa că va ști ce să facă."

"Așteptați", a spus doamna Lester. "Vrei să ne spui că atât PJ cât și Arden sunt, la fel?".

El a dat din cap.

"Întotdeauna am spus că computerele sunt malefice!", a spus ea. "Arden al meu este un atlet. Ar fi trebuit să facă sport, nu să stea la calculator și să-și piardă timpul". A plâns în pieptul soțului ei, iar el a strâns-o în brațe.

"Calculatoarele sunt necesare pentru școală", a spus domnul Lester. "Fiul nostru nu a făcut nimic greșit și sunt sigur că își va reveni la vechea lui formă în orice moment. Are nevoie să închidă puțin ochii. Un pic de odihnă, asta e tot. O să fie bine."

Alfred Hoo-hoo'd.

E-Z a primit un mesaj pe telefon. "Lia spune că doctorul Flannel le-a spus să-l lase pe PJ unde este. A spus că ochii lui ar trebui să revină la normal de la sine. Spune că PJ nu pare să aibă dureri. Bătăile inimii și pulsul sunt normale. Are nevoie de odihnă."

"Mulțumesc", a spus domnul Lester.

"Vă mulțumesc că ați trecut pe aici", a spus doamna Lester. "Vă vom anunța dacă vor fi schimbări".

E-Z și Alfred au plecat după o vizită îndelungată și s-au întâlnit cu Lia și au mers cu toții împreună spre casă.

"Nu pot să nu mă întreb", a spus E-Z, "dacă chestia asta cu PJ și Arden este menită să fie un proces. Eriel mi-a dat de înțeles că ar trebui să fiu îngrijorat de ceva. Că ar trebui chiar să vreau să o urmăresc. Dacă este așa, nu sunt sigur cum ar trebui să rezolv problema. Aveți vreo idee? În afară de a-l convinge pe Unchiul Sam să ne ajute să intrăm în computerul lui Arden - sunt total pierdută aici."

"Este ciudat, dacă este un proces", a spus Alfred. "Pentru că procesele sunt de domeniul trecutului, nu-i așa?".

"Sunt, dar dacă PJ și Arden sunt răniți, atunci nu am de ales decât să mă implic. Chiar dacă arhanghelii au renunțat la înțelegerea noastră."

"Amândoi par atât de... ieșiți din asta. Ce se așteaptă de la tine să faci? Nu e ca și cum ai avea puteri de vindecare sau ceva de genul ăsta", a spus Alfred.

"Dar tu ai!" a spus Lia.

"Am, dar, când sunt utilizabile. Am încercat, să comunic cu mințile lor. Dar era ca și cum ar fi fost goale. Nu puteam să ajung la ele. Pentru a-i vindeca, ar trebui să existe un fel de conexiune. Iar eu nu aveam cu ce să mă conectez.

"Mă tot întrebam dacă ar trebui să cer ajutorul lui Ariel. Ea este Îngerul Naturii. Poate că există ceva ce poate sugera sau ceva ce poate face ea și eu nu pot face."

"Este o idee promițătoare", a spus E-Z.

WHOOPEE

Ariel a sosit.

"Ce se întâmplă?", a întrebat ea.

Alfred i-a explicat situația.

E-Z a întrebat dacă acesta era un proces pe care arhanghelii încercau să îl strecoare după aceea.

"Oricum ar fi, trebuie să-ți ajuți prietenii", a spus ea. "Vrei să-i ajuți, nu-i așa?".

"Bineînțeles că vreau, dar ceea ce trebuie să fac, ce acțiune trebuie să întreprind într-un proces este de obicei mai evident."

"Nu am auzit șușoteli, cum că nu ai fi capabil să iei inițiativa?". a întrebat Ariel.

"Sugerezi", a întrebat E-Z, păstrându-și vocea scăzută pentru a nu-și pierde cumpătul. "Că arhanghelii mi-au băgat prietenii în comă pentru a-mi testa inițiativa?".

Ariel a zâmbit. "Nu, nu sugerez nimic de genul ăsta. Dar, dacă ar fi o încercare, atunci ce ai face pentru a-i ajuta?".

"Când mi se pune în față o încercare, creierul meu se pune în mișcare. Știu ce trebuie să fac pentru a o rezolva și mă apuc să o fac. În cazul acesta, habar nu am ce să fac pentru a o rezolva. Ei sunt în pericol medical. Eu nu sunt doctor".

Ariel și-a încrucișat brațele. "Ce ai încercat, Alfred?"

"Am încercat să mă conectez cu minţile amândurora. De obicei, dacă pot vindeca oameni sau creaturi, există o conexiune - una care nu a fost ruptă de o forță externă. În cazul amândurora, a fost ca și cum ușa fusese trântită și nu am putut să o sparg."

"Atunci ți-ai răspuns la propria întrebare", a spus Ariel. "Te mai pot ajuta cu ceva?".

"Nu prea ai fost de ajutor", a spus Lia.

Alfred și-a cerut scuze.

WHOOPEE

Și Ariel a dispărut.

"Nu ar trebui să-i vorbești așa", a spus Alfred. "Dacă ar fi putut să ne ajute, ne-ar fi ajutat".

"Îmi pare rău, dar este frustrant când ei nu știu mai mult decât știm noi. Ei sunt arhangheli! Ar trebui să știe ceva ce noi nu știm, altfel ce rost au?" a întrebat Lia.

"Vrei să spui că Haniel este întotdeauna capabil să rezolve orice problemă?".

Lia a ridicat din umeri. "Nu am avut multe de discutat".

E-Z a spus: "Eriel este inutil. De fiecare dată când i-am cerut ajutorul, l-a refuzat. Da, a dat sfaturi. Mi-a spus să mă descurc singur.

"Ca atunci când m-a chemat ultima dată, a făcut aluzie la un fel de conspirație, sau conexiune, cum a numit-o el.

"Când am ghicit ce era - se juca - că exista o legătură, el a rămas inutil. Mi-aș dori dacă ar spune-o. Într-un fel sau altul, atunci m-aș putea concentra să îi scot pe cei doi prieteni ai mei din această situație."

"Înțelegi ce vreau să spun?" a spus Lia. "Toți arhanghelii sunt total inutili."

"Haniel te-a ajutat, când te-ai rănit la ochi", i-a amintit Alfred.

Lia s-a întors cu spatele la el.

"Să sperăm că doctorul a avut dreptate și că amândoi vor fi ei înșiși mâine dimineață", a spus E-Z. "Este tot ce putem face".

Ajunși acum acasă, au intrat în curtea din spate. L-au salutat pe Micul Dorrit, au privit răsăritul soarelui și au discutat despre următoarea mișcare.

E-Z a trecut în revistă câteva lucruri care îl frământau. În Camera Albă îl încurajaseră să lege punctele. Cel mai recent, Eriel l-a ajutat să le restrângă.

A trecut în revistă tot ce îi spusese fata din magazin. Cum luase ostatici, ca într-un joc. Cum purta un costum, astfel încât să arate ca un vânător de recompense din joc.

Apoi, a trecut în revistă detaliile despre băiatul din fața casei sale. Puștiul spusese deschis că fusese trimis să o ucidă pe E-Z de voci din joc și că dacă nu o făcea, familia lui va fi ucisă.

Apoi s-a gândit la implicarea lui Eriel și a celorlalți Arhangheli în procese. Acum PJ și Arden erau implicați.

Arhanghelii i-ar fi atras și pe ei, ca să ajungă la el? Era vina lui - pentru că a fost prea lent în rezolvarea enigmei, pe care i-o dăduseră? Arhanghelii au spus că au terminat cu el. Anulaseră încercările și el se bucura să le vadă sfârșitul. De ce se întorseseră, încercând să stabilească o nouă legătură cu el? Nu putea fi o coincidență.

A deschis gura să le spună lui Alfred și Liei la ce se gândea - în schimb, a aterizat din nou în siloz. Numai că de data aceasta, în loc ca recipientul să fie din metal, era din sticlă, iar el era fără scaunul său.

Capitolul 6
CU CAPUL ÎN JOS

E-Z ERA SUSPENDAT CU capul în jos într-o bulă de sticlă, privind iarba verde, verde, a pământului. Se afla la înălțime, iar capul îl durea atât de tare, încât se temea să nu se spargă și să nu se împrăștie peste tot în recipient. Dar, din fericire, ceva îl ținea sus. Ce era, nu știa.

Spre deosebire de celelalte dăți când se afla în siloz, nu era fixat (sau scaunul său nu era) fixat la locul lui. Celălalt lucru care îl îngrijora, atârnând cu capul în jos în felul acesta, este că nu-l va vedea pe Eriel venind. Și nici nu l-ar fi putut mirosi.

În clipa în care s-a gândit la Eriel, recipientul s-a mutat. Se temea să nu cadă. Voia să se agațe de ceva, dar nu avea de ce să se agațe decât de aer. Și-a înfășurat brațele în jurul lui. Apoi a simțit o mișcare. Camera de sticlă s-a rotit în sensul acelor de ceasornic cu o sută optzeci de grade. Capul lui s-a simțit instantaneu mai bine, mai limpede, și și-a îndreptat atenția spre ieșire. Cu cât mai repede, cu atât mai bine.

Prea târziu, însă, chestia s-a deplasat, apoi s-a întors cu încă o sută optzeci de grade. Punându-l înapoi de unde a plecat.

"Salutare, Doody", a strigat Eriel în timp ce-și apăsase fața de geam. Apoi a bătut la ușă și a cântat: "Lasă-mă să intru, lasă-mă să intru."

"Scoate-mă de aici!" a strigat E-Z.

"Calmează-te", a răcnit Eriel. "Ești aici din bunătatea inimii mele. Am vrut să-ți spun personal: prietenii tăi sunt în pericol."

"Vrei să spui PJ și Arden?" Eriel a dat din cap. "Ei bine, știu deja asta! Mare bufon ce ești!"

"Bețele și pietrele îmi vor rupe oasele, dar numele nu mă vor putea răni niciodată", a cântat Eriel.

"Dacă nu mă scoți de aici - chiar acum - atunci o să-ți fac mai mult decât pot face bețele și pietrele!"

Eriel și-a bătut degetul osos pe bărbie. La urma urmei, era încă pe partea dreaptă, ceea ce era un avantaj față de perspectiva în care se afla E-Z.

"Am vrut să știi că, deși prietenii tăi sunt în pericol, nu trebuie să-ți faci griji. Ei nu sunt în pericol de supereroi". A făcut o pauză. "O păsărică mi-a spus că tu crezi că încercăm să-ți strecurăm un alt proces... ei bine, nu este așa. Lasă-i în voia sorții."

"Cum adică nu sunt în pericolul supereroilor?". E-Z a țipat.

Eriel a dispărut și recipientul de sticlă a căzut. El s-a agitat, s-a stabilizat. A căzut din nou. Acest lucru a continuat la nesfârșit, până când a fost sigur că în curând craniul său se va sparge ca un ou pe trotuar.

Apoi l-a văzut pe Alfred, pe marginea gazonului, ronțăind iarbă.

"Hei!" a strigat E-Z. "HEI!"

Alfred s-a oprit din mâncat și s-a clătinat spre el. Și-a admirat priveliștea prietenului său, atârnând cu capul în jos în interiorul unei bule de sticlă.

"Ce faci acolo?", a întrebat lebăda trompetistă.

"Eriel!" a exclamat E-Z.

"Destul de spus. Mă duc să-l trezesc pe Sam. Sper că va ști ce să facă pentru a te scoate de acolo."

"Bună idee și roagă-l să-mi aducă scaunul".

În timp ce aștepta, E-Z s-a blestemat. Pierduse o ocazie de a cere mai multe informații de la Eriel. Se comportase ca o victimă. Își dezamăgise cei doi prieteni cei mai buni.

Și-a formulat un plan. Când voi ieși de aici, îl voi găsi pe Eriel și îl voi face să-mi spună cum să-i salvez pe PJ și Arden. Îl voi face să jure că nu mă va mai pune niciodată în situația asta.

Stai puțin. Dacă PJ și Arden nu ar fi fost în pericol de supereroi. În ce fel de pericol se aflau? Aveau nevoie să fie salvați? Sau Doc Flanel avea dreptate când spunea că le va trece și că vor reveni curând la ce erau înainte?

Nu-i plăcea afirmația "lasă-i în voia sorții". Credea că noi ne facem propriile destine, iar cei doi prieteni ai lui erau în comă. Nu se puteau ajuta singuri, așa că el avea de gând să-i ajute. Indiferent de ce spunea Eriel.

În cele din urmă, Unchiul Sam a ieșit la iveală fluturând o unealtă mare în mână. "Este un tăietor de sticlă", a spus el. "Am știut că o să îmi fie de folos într-o zi când l-am cumpărat la una dintre acele reclame la televizor. Au spus că poate tăia sticla ca untul. Să vedem dacă a fost o reclamă falsă". A tăiat în jurul fundului. Încet. Cu grijă.

"Hei, grăbește-te, mă sufoc aici! Dacă răsare soarele, o să mă prăjesc."

"Răbdare, băiete dragă", a răcnit Alfred.

"Aproape am ajuns", a spus Sam. Era în genunchi, înaintând, în timp ce cuțitul tăia fundul recipientului. Între timp, genunchii pijamalelor lui sorbeau din peluza plină de rouă. "Presupun că Eriel a avut ceva de-a face cu prezența ta acolo?".

"Afirmativ."

Sam a terminat de tăiat și i-a dat drumul nepotului său, apoi l-a ajutat să se urce în scaunul cu rotile.

"Mulțumesc, unchiule Sam."

"Cu plăcere. Acum explică, te rog?"

"Sunt prea obosit. Și eu sunt prea enervat ca să explic. Putem să facem asta dimineață, te rog?".

Soarele sângera roșu în timp ce își croia drum spre orizont.

În câteva ore, E-Z avea nevoie să verifice ce făceau prietenii săi. Spera că vor fi bine. Să revină la normal. Atunci nu ar mai fi trebuit să se gândească la asta nici o clipă. Dacă nu... dacă nu erau. Ei bine, în orice caz, totul va fi mai bine după ce va dormi puțin.

"Îi pot explica totul", s-a oferit Alfred.

"Ce știi tu despre asta? A trebuit să țip la tine, ca să-ți atrag atenția."

"Oh, am văzut totul. Ce crezi că făceam eu aici? Așteptam ca tu să ceri ajutor. Nu am vrut să-ți întrerup timpul cu Eriel."

"Întrerupe. Foarte amuzant. Bine, pune-l la curent. Eu mă duc să dorm puțin. Sunt prea obosit ca să mă mai gândesc." A urcat cu rotile pe rampă și a intrat în casă și s-a lăsat în pat complet îmbrăcat.

E-Z a visat că împlinea șapte ani. Părinții lui închiriaseră parcul de jocuri virtuale de interior. Invitase doisprezece copii în total, așa că erau treisprezece, iar o echipă trebuia să aibă un jucător în plus. Cum era ziua lui, au chemat echipele și ultimul om ales a intrat în echipa lui. Se numeau Ball Breakers. Cealaltă echipă, condusă de Kyle Marshall, s-a numit Bat Shitz.

"Nu poți folosi numele ăsta", i-a reproșat echipa lui E-Z. "Este practic o înjurătură."

"Ah, mai gândiți-vă o dată", a spus Marshall. "Se scrie Shitz. Ne-am numit după câinele meu. Ea este o Shitz-hu."

"Hai să ne jucăm", a spus E-Z.

PJ și Arden erau în echipa lui E-Z. Echipa trio-ului tornadă i-a bătut măr pe cei din echipa Bat Shitz' până când au fost cu toții prea obosiți să se mai miște.

"Mâncarea este servită", a strigat mama lui E-Z. Părinții așteptau în restaurantul alăturat. Comandaseră o sumedenie de pizza, găleți de băuturi răcoritoare și, în cele din urmă, un tort încărcat cu lumânări.

Copiii au părăsit împreună zona de jocuri. Curând, Arden și-a dat seama că-și lăsase șapca de baseball în urmă.

"Nu pot să o las! Trebuie să mă întorc!"

"Vom veni cu tine", a spus E-Z. "Lasă-mă o secundă să-i spun mamei mele".

"O voi anunța", a spus Kyle, care era în apropiere.

E-Z, PJ și Arden au dat înapoi. Când nu au putut găsi șapca, au continuat să meargă.

"Trebuie să fie pe aici pe undeva!" a spus Arden.

"Cu siguranță nu credeam că este atât de departe", a spus E-Z.

"Vulturii ăia vor mânca toată pizza înainte să ne întoarcem", a spus PJ.

"Nu vă faceți griji, doamna Dickens ne va păstra ceva de mâncare. Știe că nu vom sta mult".

Coridorul s-a extins într-o altă clădire, un alt loc. În fața lor era o ghilotină uriașă. În partea de sus, deasupra lamei, se afla șapca lui Arden. Pe lama însăși era un semn. Încă mai picura vopsea roșie, sau sânge. Scria: "Capul merge aici".

"Visăm?" a întrebat Arden. "Pentru că nu am nevoie atât de mult de șapca mea de baseball."

"Ascultă. Voci", a spus E-Z.

Șoapte, foarte încet, dar murmurări. Mai întâi, a fost o femeie singură. Apoi s-a alăturat o alta, pentru un duet. Apoi s-a alăturat o alta, pentru un trio. Șoaptele s-au transformat într-un cântec.

"Nu reușesc să deslușesc niciun cuvânt", a spus PJ.

"Shhh", a spus E-Z, ducându-și degetul la buze.

În timp ce vocile cântau,

"B-link și ești mort.

B-link și ești mort.

B-link and you're dead, B-link and you're dead", pe melodia Happy Birthday to you.

"E înfiorător!" a spus PJ.

"Hai să ne întoarcem", a spus Arden, în timp ce ușa pe care intraseră se închidea brusc și pași răsunau pe coridor.

Pașii au devenit mai puternici.

CLANK. CLANK. CLANK.

Lanțuri. Se apropie. Picioare cu cizme. Un soldat. O figură foarte înaltă, cu glugă. Cară ceva de argint: un ascuțitor de cuțite.

Când a ajuns la piciorul ghilotinei, figura cu glugă a scos o pană din buzunar. A pus-o pe lama. A tăiat-o ca untul. Cu toate acestea, a mers mai departe și a ascuțit-o și mai mult. În timp ce ascuțea lama, fredona în sinea lui, ca și cum i-ar fi plăcut munca sa.

"De parcă lama ghilotinei nu este suficient de ascuțită!" a șoptit PJ. "Scoateți-mă de aici!"

Arden a fugit spre ușă și a început să ciocănească în ea. "E-Z trebuie să ne scoți de aici! Trebuie să ne ajuți! Te rog, ajută-ne!"

ÎNCĂRCARE MESAJ.

Fețele lui PJ și Arden au apărut pe ecran. Au spus două cuvinte:

"AVERTIZEAZĂ-I."

E-Z s-a trezit și l-a auzit pe Unchiul Sam trântindu-și pumnii în ușa dormitorului său. "Trezește-te E-Z, nu o găsim pe Lia!"

Acum că era treaz, și-a dat seama că ea îl contactase încercând să ia legătura cu el. Să-l pună la curent cu noutățile. Și-a verificat telefonul. Un mesaj cu o actualizare.

"Este în regulă", a spus E-Z, "este cu PJ. Spune-i lui Samantha că e bine. Trebuie să mă duc să-i văd pe el și pe Arden în curând. Unde este Alfred?"

"Este în grădină", a spus Sam. "Vrei să iei micul dejun înainte de a pleca?".

"Un sandviș cu brânză la grătar mi-ar prinde bine. Mulțumesc."

În timp ce E-Z se îmbrăca, s-a gândit la visul său. Băieții vorbeau cu el, printr-o întâmplare comună pe care o împărtășiseră când aveau șapte ani. Trebuia să-și dea seama despre ce era vorba. Să-i avertizeze? Să avertizeze pe cine mai exact? Acesta era un indiciu cert, dar pe cine anume voiau să avertizeze?

Da, era absolut sigur că încercau să-i spună ceva, dar ce anume? Avea din nou o bănuială furișă că totul avea legătură cu Eriel.

Mai întâi, s-a dus la casa lui Arden, iar bietul om, ca și înainte, era ca un zombi în patul lui. Un doctor era lângă el când E-Z și Alfred au intrat înăuntru.

"Care este diagnosticul?" a întrebat E-Z.

"În primul rând, scoateți-l de aici!", a exclamat doctorul.

Alfred a făcut Hoo-hoo în semn de protest, apoi s-a îndepărtat clătinându-se. Afară a ronțăit niște iarbă și și-a curățat penele.

Doctorul s-a uitat la domnul și doamna Lester: "Cât de mult vreți să știe acest copil?".

"El este E-Z, este unul dintre cei mai buni prieteni ai lui Arden."

"Știu cine este, l-am văzut la televizor salvând oameni".

E-Z nu știa ce să spună, așa că nu a spus nimic, dar nu-i plăcea atitudinea acestui doctor.

"Arden este în comă."

"Da, așa am crezut și eu. Oh, și când își va reveni din ea? Dr. Flanel de la casa de handicapați - unde PJ este în aceeași stare - a spus că va reveni la normal în curând."

"Asta nu știu. Corpul lui îl protejează de ceva, așa că se va trezi când se va simți suficient de bine să o facă. Între timp, aș sugera ca cineva să fie cu el 24 de ore din 24, 7 zile din 7." Apoi, către Lester: "Ar fi mai bine ca amândoi să lucrați pentru a angaja o asistentă. Vă pot recomanda pe cineva. Dacă puteți lucra de acasă, ar fi cel mai bine. O să revin cu voi peste câteva zile".

"În câteva zile", a repetat domnul Lester.

Doamna Lester l-a condus pe doctor afară din casă.

E-Z l-a urmat. "Dacă pot să ajut, să fac o tură alături de el nu ezitați să mă întrebați. Mă duc acum la PJ. Lia este deja acolo și mi-a trimis un mesaj că el este la fel".

"Țineți-ne la curent și transmiteți-i dragostea noastră familiei lui PJ".

"Așa voi face", a spus E-Z, în timp ce el și Alfred s-au reunit. Amândoi s-au ridicat de la sol și au zburat spre casa lui PJ.

În timp ce zburau unul lângă altul, Alfred a spus: "Nu am fost încântat de doctorul acela. Când o persoană nu este amabilă cu animalele... nu am încredere în ea".

"Te înțeleg, dar el își făcea doar meseria".

"Noi, lebedele, nu am provocat nici o molimă sau... lasă. Am uitat de gripa aviară - dar asta s-a întâmplat din cauza oamenilor."

Au aterizat la casa lui PJ, unde Lia îi aștepta cu ușa deschisă.

"Cum stau lucrurile între voi doi?", a întrebat ea.

"Bine", a spus Alfred.

"Ah, este puțin supărat pentru că doctorul lui Arden l-a dat afară din cameră, dar eu sunt bine, mulțumesc. Și tu?"

"Eu sunt bine, dar părinții lui PJ își pierd mințile și nu există niciun semn de însănătoșire."

"L-au chemat înapoi pe doctor?" a întrebat Alfred.

"Nu. Le-a dat speranțe, dar nimic altceva, mai ales că își va reveni. Dar sunt îngrijorată că se înșeală." A făcut o pauză, roșind puțin.

"Oh, încă un lucru, când îl țineam de mână". I-a privit pe amândoi. "El, ei bine, nu sunt sigură dacă mi-am imaginat-o sau dacă a făcut-o cu adevărat - dar am crezut că m-a strâns."

"Uh, mulțumesc că ai stat cu el. Ar trebui să facem ture cu părinții lui, ca să nu obosească nimeni prea tare. Poți să te duci acasă acum și să petreci ceva timp cu mama ta. Probabil că se întreabă de tine." În niciun caz nu avea de gând să pomenească de ținutul de mână.

"Voi pleca atunci când o vei face și tu", a spus Lia în timp ce se îndreptau spre camera lui PJs.

Alfred, Lia și E-Z erau acum singuri cu PJ.

"Am avut un vis ciudat noaptea trecută. PJ, Arden și cu mine eram la cea de-a șaptea aniversare a mea - dar lucrurile nu se întâmplau așa cum se întâmplau atunci. Ei încercau să comunice cu mine prin intermediul unui eveniment pe care l-am împărtășit, dar nu sunt sigur de ceea ce încercau să spună."

"Povestește-ne visul", a spus Alfred. "Și nu omite nimic."

"Da, spune-ne și vom vedea dacă te putem ajuta să îl interpretezi."

"Ei bine, a început normal. Totul a fost așa cum a fost în ziua aceea, până când Arden și-a uitat șapca de baseball și noi, noi trei, ne-am întors să o luăm."

"Deci, nu și-a pierdut șapca de baseball la petrecerea adevărată?".

"Nu, nu a pierdut-o. De fapt, era atât de obsedat de acea șapcă încât îl tachinam adesea că era lipită de cap. Așadar, aceasta a fost o parte semnificativă a visului. Și iată că ne întorceam în zona de joc și holul părea că se prelungește mult mai mult decât atunci când am plecat de acolo.

Am mers mult timp. Stăteam de vorbă, așa cum obișnuiam să facem. Nu ne-am dat seama la început, mergeam de ceva vreme. Arden s-a gândit să lase șapca acolo unde era pentru că ajungerea acolo dura atât de mult, dar am decis să o luăm. A spus că șapca avea o valoare sentimentală pentru el."

"Interesant", a spus Lia. "Știi de ce îi plăcea atât de mult șapca?".

"O purta tot timpul pentru că îi plăcea echipa. Nu am știut niciodată că există un atașament sentimental în viața reală, în afară de cel față de echipa în sine. Iar în vis, în acel moment, nici în vis, până nu a spus-o el. Așadar, apoi holul s-a extins în mărime și ne-am trezit într-o cameră mare și aerisită, ca o sală de spectacole. În centrul încăperii era o ghilotină uriașă".

"Ce! Ce ciudat!" a spus Alfred.

"E cam înfricoșător", a spus Lia.

"Și mai sunt și altele. În partea de sus, deasupra lamei, era șapca lui Arden și sub ea un semn pe care scria: "Nu, nu: Capul merge aici."

Lia și Alfred au oftat.

"Arden a spus că nu-i mai plăcea atât de mult șapca. Și atunci s-a întunecat și am auzit pași grei venind spre noi. Cizme. Pocnituri în lanțuri sau armuri. Apoi luminile s-au reaprins când a intrat un tip cu o glugă pe cap. S-a dus la ghilotină și și-a ascuțit cuțitele, unul după altul."

"Și apoi?" a întrebat Alfred.

"Apoi a apărut un ecran de computer pe care scria LOADING și a apărut o imagine cu ei doi. Au spus două cuvinte:

"AVERTIZEAZĂ-I."

"Și apoi ce?" Alfred a întrebat din nou.

"Apoi Unchiul Sam m-a trezit și m-a întrebat dacă știu unde este Lia."

"Nu e prea mult pentru a continua", a spus Lia, "I-a plăcut șapca aia? Și cine ar trebui să fie avertizat?".

"Echipa favorită a lui Arden era și încă este Boston Red Sox. Șapca a fost un cadou pentru el - autentic - nu ar fi lăsat-o niciodată în urmă, indiferent ce s-ar fi întâmplat. Cu toate acestea, s-a gândit să o lase în vis de cel puțin două ori."

"Dar nu a fost suficient de dornic să-și bage capul în ghilotină pentru a o lua", a spus Alfred.

"Cine ar fi fost!" a întrebat Lia.

"Aș vrea să putem folosi computerul lui Arden. Pun pariu că există un indiciu acolo. Pun pariu că are un fișier, ceva ascuns pe care l-aș putea găsi. Poate că despre asta a fost vorba în vis. Și de ce mi-a dat indiciul."

Lia a verificat pe internet semnificația unui vis cu ghilotină în telefon. "Scrie că reprezintă frica sau anxietatea. Faptul de a fi singularizat sau jenat de ceva."

"Cred că am o idee", a spus E-Z în timp ce parcurgea lista de contacte de pe telefon.

"Stai puțin", a spus Alfred, "sună-l pe Sam".

"Ai dreptate, poate ar trebui să trec mai întâi prin el". L-a sunat rapid pe Sam și i-a explicat situația. Sam a spus că vine imediat la Arden's și că ar trebui să se întâlnească cu el acolo.

"E totul în regulă aici?" a întrebat mama lui PJ. "Vrei ceva de băut sau altceva?"

"Nu, mulțumesc, dar unchiul Sam se duce la Arden's și ne vom întâlni cu el acolo. Ne vom uita la computerul lui Arden și vom afla care a fost ultimul lucru pe care l-a făcut. Păcat că computerul lui PJ este defunct."

"Este o idee inteligentă. Am auzit că părinții lui Arden au chemat și ei un doctor, a fost de ajutor?"

"Nu, nu a fost de ajutor."

"Vă vom ține la curent dacă aflăm ceva", a spus Lia, în timp ce pipăia fruntea lui PJ.

"Ești o fată bună", a spus mama lui PJ. Apoi a ieșit din cameră, luptându-se cu lacrimile.

Când au ajuns la casa lui Arden, Sam îi aștepta afară. Avea laptopul său, o geantă plină de instrumente de calculator și alte câteva mărunțișuri.

Împreună au intrat înăuntru, unde Sam și-a montat propriul computer în apropiere, un laptop, l-a conectat în cealaltă parte a camerei, apoi a aruncat o privire la configurația lui Arden. Acesta era conectat direct la priza de perete. Fără nicio bară de protecție pentru supratensiuni nesperate. Noroc că avea mereu una în geantă.

După ce a securizat bara de alimentare de siguranță, a conectat computerul lui Arden la ea. Au așteptat - și nu s-a întâmplat nimic. Luând-o ca pe un semn bun, a apăsat butonul de pornire, iar computerul lui Arden a prins viață. Era necesară o parolă. O parolă pe care niciunul dintre ei nu o știa.

"Aveți vreo bănuială?" a întrebat Sam.

E-Z a tastat Boston Red Sox. A încercat numele mijlociu al lui Arden, care era Daniel. Nu a reușit.

"Încearcă ghilotina", a sugerat Alfred.

"Bingo!" a spus E-Z, acum tot ce trebuia să facă era să caute în istorie.

"Lasă-mă pe mine", a spus Sam, în timp ce făcea clic în setări, căutând ceva neobișnuit. Nu era nimic ieșit din comun.

"Care a fost ultimul lucru pe care l-a făcut? Se juca vreun joc?" a întrebat E-Z.

În timp ce Sam făcea clic pentru a afla, bara de supratensiune fără supratensiune a luat foc. Unchiul Sam a fugit să stingă focul, iar când s-a întors E-Z îl înăbușise deja cu o pătură. "Bine gândit", a spus el.

"Sper că așa crede și mama lui Arden!".

"Ia hard disk-ul!" a spus Sam, lucru pe care l-a făcut înainte ca acesta să se prăjească. "Acum luăm asta cu noi și vedem ce putem vedea."

Capitolul 7
DISCU   II

ÎN TIMP CE SE îndreptau spre casă, E-Z încă se gândea la mesajul "Avertizează-i". Să fi fost oare mai mult decât un vis?

"Mă întreb", a spus el.

"Despre ce?" a întrebat Sam.

E-Z le-a explicat despre visul său și despre mesaj, apoi a adăugat noua sa idee pentru a vedea ce părere aveau despre ea.

"PJ și Arden au configurat lucrurile pe site, astfel încât să putem face Podcast-uri în viitor. Mă întreb dacă ar trebui să-l folosesc, după ce ne vom da seama pe cine să avertizăm. Cu siguranță am putea ajunge la o mulțime de oameni."

"Este o idee genială!" a spus Sam, "Dar nu ar trebui să ne construim un public acum? Ca apoi, când vom fi gata să transmitem avertismentul, să avem deja câțiva abonați?"

"Ce să spun?"

"Să ne gândim la asta", a spus Lia. "Iar noi vom fi alături de tine."

"Nu mă deranjează să vorbesc eu."

Ajunși acum acasă, au intrat înăuntru.

Capitolul 8

BRANDY TR IE TE

Când l-a văzut pentru prima dată, era vorba de muzica pe care o aveau în comun. Ea cânta la pian, mai bine decât media, dar nu extraordinar de bine. Profesorul ei de muzică a spus că avea o abilitate naturală - orice ar fi însemnat asta. Dar nu putea cânta decât melodii care însemnau ceva pentru ea. Atunci și le amintea și putea să le cânte imediat. Cu toate acestea, faptul că a forțat-o să cânte ceva ce nu-i plăcea a făcut-o să urască să ia lecții.

A rămas cu asta. S-a forțat chiar și atunci când a urât-o. Sperând că va reuși să se prefacă că va intra în formația școlii.

Părinții ei voiau să arate ceva pentru toate lecțiile pe care le plătiseră. Au insistat ca ea să încerce să intre în orchestră, ca să se implice mai mult în activitățile școlare.

"Va arăta bine în cererea de înscriere la facultate", a spus tatăl ei.

"Încearcă să faci tot ce poți, asta este tot ce îți cerem. Dă tot ce ai mai bun!", a spus mama ei.

Cu toate acestea, audițiile de anul acesta de la liceu au fost pline de copii talentați. Un toboșar talentat era deja pe scenă și cânta atunci când ea a intrat în sală.

Cu palmele transpirate și inima bătând cu putere, ea s-a deplasat de-a lungul liniei. Un șir de elevi și profesori au aplaudat și au bătut din degete. Putea să simtă podeaua pulsând cu fiecare bătaie.

Ca un robot, a continuat să meargă de-a lungul marginii sălii, până când a ajuns cât mai aproape de scenă.

Acum s-a furișat pe ușă și s-a dus în culise. S-a așezat alături de ceilalți artiști de pe punte și a aplaudat ca și cum ar fi fost acolo dintotdeauna.

A fost un plan genial. Toată lumea fusese atât de implicată în audiția lui, încât nici măcar nu observaseră că ea se strecurase în rând.

"Cine este el?", i-a șoptit fetei din fața ei la rând.

"Shhhhhhh!", i-au răspuns ceilalți artiști care așteptau.

El a continuat să bată toba, împodobit în blugi, cu părul blond legănat și săltăreț. Apoi s-a aplecat mai aproape de microfon și vocea lui profundă și melodică s-a alăturat ritmului.

S-a împins puțin mai aproape și, în timp ce o făcea, a observat o mâncărime care nu fusese acolo înainte. Pe palme, pe brațe, pe picioare. S-a scărpinat și nu a găsit nicio ușurare. De fapt, s-a înrăutățit și, în curând, a fost ca și cum pielea ei ar fi luat foc. Apoi, respirația i s-a deteriorat și bătăile inimii au încetinit.

"Calmează-te", a șoptit atât cu voce tare, cât și în gând.

A fost ultimul lucru pe care și-l amintea înainte de a se trezi într-un vehicul în mișcare.

Capitolul 9
DESPRE BRANDY

VEHICULUL CIRCULA CU VITEZĂ pe autostradă. Ea se afla pe bancheta din spate. În a cui mașină se afla? Nu era un vehicul pe care să-l recunoască.

A încercat să se ridice; o durea capul - ca și cum un tren trecea prin el. A închis ochii pentru o secundă și a ascultat, încercând să-și dea seama cum ajunsese acolo. Mașina în sine mirosea ciudat, nou și vechi în același timp.

PFFT.

Gura de aerisire a excretat un miros care i-a făcut stomacul să se strâmbe și a vomitat.

"Hei, ai grijă la interior", a spus o voce masculină. "Este piele, cea adevărată". Telefonul lui a sunat și a vorbit în el prin intermediul unui microfon din vizor. "Da, vom ajunge în curând", a spus el. A deconectat apoi a dat drumul la radio.

Mâinile îi erau legate, nu în spatele ei, așa cum văzuse în filme, ci în fața ei, chiar deasupra centurii de siguranță fixate. "Vreau să merg acasă!"

"În curând", a răspuns vocea masculină peste refrenul unei melodii de Drake.

După ce a călătorit pentru ceea ce ea credea că au fost vreo treizeci de minute, a oprit într-o benzinărie. A încuiat-o înăuntru, apoi a trântit ușa în urma lui și a lăsat-o de-a lungul ei fără să spună un cuvânt.

S-a uitat pe fereastră încercând din răsputeri să nu vomite din nou. Răpitorul sau răpitorul ei, sau ce-o fi fost el, intrase înăuntru. Spera că nu era un răpitor care plănuia să ceară o răscumpărare. Părinții ei nu aveau bani să plătească pentru întoarcerea ei. S-a concentrat asupra momentului, observând că ușile nu aveau mânere și că butoanele pentru a deschide fereastra nu funcționau.

De cealaltă parte a mașinii care făcea benzină, a văzut un tip.

"AJUTOR!", a strigat ea, dând tot ce avea. Știind că aceasta ar putea fi singura ei șansă.

Când el nu a răspuns, ea a bătut cu loviturile ei legate în geamurile închise. Era greu să scoți vreun sunet aici, în acest acvariu de mașină. A aruncat o privire înapoi și răpitorul ei se întorcea la mașină, ducând cu el o cutie de sucuri și două batoane de ciocolată. Când s-a urcat la volan, i-a aruncat un baton de ciocolată peste umăr. Ea nu a putut să o prindă, ura genul acela, ca să nu mai spunem că vomitase de curând.

"Mi-e sete", a spus ea.

"Ce vrei?", a întrebat el, apoi a intrat înăuntru, ieșind aproape imediat cu o sticlă de apă.

A desfăcut capacul și i-a pus-o în mâini. Chiar dacă erau legate, ea a reușit după câteva încercări să bage puțină apă în gură. Partea din față a tricoului ei era picurată de apă. Nu o deranja, îi spăla o parte din mirosul de barbă.

"Mulțumesc", a spus ea.

Câteva clipe mai târziu, erau din nou pe autostradă. El a accelerat, a trecut pe banda rapidă și centura ei de siguranță s-a desfăcut. Ea s-a rostogolit în spatele mașinii, ca un singur zar care se rostogolea fără direcție.

"Oprește-te, nebună!", a spus bărbatul, în timp ce ea încerca să își refacă centura de siguranță cu mâinile legate.

Anvelopele, în timp ce șoferul schimba imprudent banda de circulație. Ceilalți șoferi au frânat, pentru a se feri de el. Apoi s-a îndreptat spre ieșirea de pe autostradă. A frânat brusc, a oprit. S-a dat jos de pe scaunul din față, a deschis ușa din spate.

Era pregătită, cu picioarele îndreptate spre el și l-a lovit cu toată puterea, într-o lovitură majoră cu două picioare. El a căzut la pământ, iar ea a ieșit din mașină, alergând sălbatic, când o mașină a lovit-o, apoi alta, apoi alta.

S-a urcat din nou în mașină și a plecat în viteză.

"Fată proastă!", a exclamat el.

Capitolul 10

BRANDY Î I AMINTE TE

"S-A ÎNTÂMPLAT DIN NOU, nu-i așa?", a întrebat-o mama ei, în timp ce o ajuta pe Brandy să coboare din coșul de cumpărături. "Ce s-a întâmplat de data asta?"

"Îmi pare rău, mamă", a spus adolescenta, aplecându-se pentru a-și lega șireturile. Mâinile ei se simțeau atât de bine, acum că nu mai erau legate.

Mama ei s-a aplecat și i-a șoptit: "A fost la fel ca și celelalte dăți? Ai leșinat?".

S-a ridicat în picioare și a aruncat o privire spre ușă.

"Spune-mi", a spus mama ei, mișcându-și fiica în fața ei, astfel încât să fie aproape și să nu le audă nimeni altcineva. În plus, nu mai era nimeni pe culoarul lor.

"Eram la școală, la audiții. Un băiat cânta solo la tobe și cânta. Era cu adevărat excelent."

"Și visător, presupun?", a întrebat mama ei.

A simțit că i se încing obrajii. "Inima mi s-a accelerat, a luat-o razna, iar palmele mi-au transpirat și m-am simțit ciudat. Următorul lucru pe care mi l-am dat seama a fost că eram legată pe bancheta din spate a unui vehicul în mișcare!"

"Legată? Într-o mașină? În mașina cui? Cine conducea? Unde te duceai?"

"Nu am recunoscut nici mașina, nici șoferul. Vorbea cu cineva, folosind unul dintre acele microfoane fără mâini. A fost un șofer bun până când a intrat pe autostradă. Apoi a condus ca un maniac, iar eu m-am prefăcut că s-a desfăcut centura de siguranță. Când a ieșit de pe șosea și s-a oprit, l-am lovit atât de tare încât a căzut și am luat-o la fugă."

"Slavă Domnului că ai scăpat. A oprit cineva să te ajute? Sper că ai numărul lor de telefon, ca să îi pot suna și să le mulțumesc."

Brandy nu a vorbit, pentru că își amintea mașinile, una, două, trei, cum au lovit-o și a murit. Din nou. Și a ajuns la magazinul alimentar cu mama ei, din nou.

"Vorbește cu mine", a spus mama lui Brandy.

"Am murit - din nou", a spus Brandy "și am ajuns aici. Din nou."

S-a așezat pe podea, sau mai degrabă genunchii i-au slăbit și a căzut în genunchi. Mama ei a urmat-o, ca un domino.

S-au așezat împreună, ținându-se de mână fără să vorbească.

Capitolul 11
BRANDY ÎNAINTE DE

"GRĂBEȘTE-TE, BRANDY!", AȘA ÎI spusese mama ei ultima dată. Ultima dată când singura ei fiică murise - și înviase.

Atunci când majoritatea părinților trebuiau să meargă la magazinul alimentar cu copiii lor în brațe - nu puteau ieși de acolo destul de repede.

Brandy nu era unul dintre acei copii. Ea prefera magazinele în locul parcurilor, a sporturilor - aproape orice activitate. A o duce la cumpărături era singura modalitate de a o scoate din casă.

Nu a fost în întregime vina lui Brandy. Se născuse cu o afecțiune cardiacă rară. Una de care se spunea că va scăpa. Așa că, să alerge și să se joace cu ceilalți copii nu era o opțiune pentru ea.

În consecință, a ajuns să iubească mall-ul, dar ceea ce iubea cel mai mult era magazinul alimentar. Iar lucrurile erau întotdeauna destul de calme pe raioanele de alimente. Cu excepția unui moment în care se împărțeau DVD-uri gratuite. Brandy a devenit atât de entuziasmată încât nu a mai putut să respire și a trebuit să o ducă de urgență la spital.

Avea trei ani atunci.

care se împărțeau DVD-uri gratuite. Brandy a devenit atât de entuziasmată încât nu a mai putut să respire și a trebuit să o ducă de urgență la spital.

Capitolul 12

BRANDY PREZENT

ACUM, CÂND FIICA EI avea paisprezece ani, părea să se întâmple din ce în ce mai rar. Totuși, se întreba ce se va întâmpla când va fi prea mare pentru a încăpea în căruciorul de cumpărături.

"De ce aici, crezi?" a întrebat mama lui Brandy: "De ce întotdeauna doar tu și eu și aici?".

"Nu știu, mamă, dar știu un lucru. Vreau să fac cumpărături. Vreau să cumpăr mâncare și băuturi și, am plecat. Tu rămâi aici dacă vrei, eu mă întorc imediat. Poftim, joacă Solitaire pe telefon. Îți va calma nervii, iar cumpărăturile îi vor calma pe ai mei."

Femeia s-a așezat pe podea, în timp ce cărucioarele veneau și plecau concentrându-și toată atenția asupra jocului de Solitaire. Fiica ei o cunoștea atât de bine. Totuși, ceea ce încerca să nu-și facă griji era cât de mult - sau cât de puțin - să îi spună soțului ei. Nu-i spusese nici data trecută, când murise fiica ei, nici data trecută, nici cea dinainte. Îi spusese doar că merseseră la cumpărături și că fusese stresant.

"Sunt pregătită", spusese Brandy, atunci când era o fetiță cu brațele pline de cereale și tarte pop.

S-au îndreptat atunci spre linia de plată cu autoservire.

"Lasă-mă pe mine să o fac, mamă!"

Asta spunea mereu Brandy. Îi plăcea să privească cum persoana de la casa de marcat scana fiecare obiect. Și Dumnezeu să-i ajute dacă scanarea era greșită.

Brandy și mama ei au terminat pentru ziua de azi și s-au întors la mașină. Brandy s-a așezat în față și și-a pus centura de siguranță. Au pornit la drum, oprindu-se doar pentru scurt timp la drive-through pentru a lua două înghețate cu caramel fierbinte.

"Am făcut niște chilipiruri excelente astăzi", a spus Brandy atunci și a repetat-o și acum.

"Știu că îți place, dar tot aș vrea să aud mai multe despre incidentul tău de azi. Îți mai poți aminti ceva despre ce s-a întâmplat? Trebuie să fi fost îngrozită, fiind singură într-o mașină cu un străin? Ceea ce nu înțeleg este cum se întâmplă așa ceva. A fost diferit față de celelalte dăți? Ai spus că într-un minut erai la audiția pentru fanfara școlii și în următorul erai într-o mașină?"

"Da, îmi așteptam rândul să cânt, alături de ceilalți elevi. Cu toții ascultam un băiat la tobe. Era incredibil, cânta și cânta. Mă apropiam de primul rând când, ZAP, am dispărut."

"Oh, nu-mi place cum sună acel ZAP."

"Așa s-a întâmplat, mamă. Mai întâi m-au mâncat mâinile, apoi picioarele, apoi brațele."

"Nu mi-ai spus despre mâncărimi înainte?"

"Se mai întâmplă. De obicei, mă calmez. De data asta nu a funcționat nimic și, ei bine, știi tu, cuvântul cu Z".

"Trebuie să te întreb, dar crezi că poate s-a întâmplat asta pentru că ai vrut să eviți audiția? Adică să te audiționezi pe tine însuți. Nu este ceva ce ți-a plăcut să faci."

Brandy și-a bătut cu degetele pe brațul ușii. "Nu m-aș urca într-o mașină cu un străin pentru a evita o audiție", a spus ea.

"Bine, dragă", a spus mama ei, lăcrimând. Spusese un lucru greșit - din nou. Întotdeauna spunea lucruri greșite când venea vorba de fiica ei... cum să îi spună? Aventurile de călătorie ale fiicei sale.

"E în regulă, mamă."

Au condus în tăcere pentru o vreme. A fost o tăcere confortabilă.

"Vreau să știu cum să te ajut", a spus mama lui Brandy. "Pentru data viitoare..."

"Știu că vrei, mamă, dar tu nu ești acolo când se întâmplă. Trebuie să mă pot descurca singură."

"Există vreun lucru care se întâmplă întotdeauna - înainte de a dispărea?"

"Aș vrea să-mi amintesc, mamă, dar, ca și data trecută, nu-mi amintesc." S-a uitat pe fereastră, apoi și-a încrucișat brațele.

"Ei bine, când suntem acasă poți să exersezi, să exersezi, să exersezi. Atunci vei fi și mai pregătită pentru audiția de mâine."

"A fost o audiție de o singură zi. Deci, nu am nicio șansă anul acesta. În plus, lui tati nu-i place când exersez, mai ales când lucrează de acasă. Spune că îi dă dureri de cap."

"Tata nu vorbește așa", a spus ea. "O să vorbesc cu el. Până la urmă, vrei să cânți la pian, ca meserie, da? Adică într-o zi, după ce vei absolvi. Și o să-l sun pe profesorul tău - să-i cer o excepție de la regulă."

"Mi-ar plăcea să aud cum a decurs conversația!", a râs ea. "Bună ziua, domnule Hopper, eu sunt mama lui Brandy, iar fiica mea, ei bine, a călătorit în timp într-o mașină care mergea cu viteză cu un străin, apoi, a murit. Așa că, ar putea să dea o audiție pentru dumneavoastră mâine?".

"Asta e crud", a spus mama ei. "Te-ai răzgândit, în legătură cu dorința de a urma o carieră în muzică? Cu siguranță, se fac mereu excepții pentru studenți."

"Poate că da, dar nu mă deranjează. Că am ratat-o. Întotdeauna există următoarea ureche. În plus, mi-ar plăcea să fiu cumpărător, cred că de aceea mă întorc mereu la băcănie, sau la magazinul de haine. Îți amintești de acea dată?"

Mama ei a dat din cap.

"După cumpărător un pianist, apoi un profesor", a spus adolescenta, descrucișându-și brațele și mușcându-și unghiile.

Mama ei i-a aruncat o privire: "Nu, dragă. Să-ți rozi unghiile este atât de neigienic". Brandy s-a așezat pe mâini. "În această ordine?", a spus mama ei, râzând.

"Poate în ordine inversă", a guițat Brandy când au intrat pe alee. "Tati nu e încă acasă".

Ea a folosit deschizătorul automat al ușii de garaj fără să-i răspundă fiicei sale. Da, soțul ei întârzia din nou. Se întorcea acasă din ce în ce mai târziu în fiecare seară. Spunea că munca îl reținea, făcându-l să muncească în plus fără să plătească ore suplimentare. Ea ura când nu venea niciodată acasă să o vadă pe Brandy înainte ca ea să se culce. Măcar aveau o gustare pregătită. Îi pregătea cina, o instala în camera ei. În felul acesta, ea și soțul ei puteau lua cina împreună. Ar fi fost o seară frumoasă, doar ei doi.

"Ia bagajele", a spus ea.

"Bine, mamă", a răspuns Brandy în timp ce intrau înăuntru.

Capitolul 13

AUSTRALIAN OUTBACK

Băiatul din Outback, în partea de nord a Australiei, trăia într-o cutie. Avea 12 ani când l-au găsit. Corpul său era malformat, deoarece stătea cu spatele arcuit și cu genunchii în sus - ca într-o cutie. Chiar și atunci când au spart-o și i-au dat drumul.

Nu putea vorbi, sau nu voia să vorbească. Până când a început să aibă din nou încredere. Atunci s-a întins și corpul i s-a relaxat.

Prefera vocile liniștite, vocile șoptite. Lucrurile zgomotoase, sunetele puternice de orice fel îl speriau. Se cutremura și se închidea în sine. Căuta și striga: "Cutia!"

O țineau acolo, în colț. Până când oamenii din Sydney au spus că nu se va face bine decât dacă va fi distrusă.

I-a ajutat să o facă, cu un baros, aproape la fel de mare ca el. Când a fost sfărâmată în bucățele mici, ochii i s-au dat pe spate în cap și a dispărut. A dispărut. Undeva în mintea lui. De neatins.

Nimeni nu știa cine era. Sau cui îi aparținea. Ce fel de părinți și-ar închide copilul într-o cutie, ca pe un animal?

Totuși, nu a fost înfometat. Nu de mâncare, oricum. Și nu era deshidratat.

Ceea ce însemna că cineva era în apropiere. Au așteptat, pădurari, ofițeri, ca ei să se întoarcă - dar nu au făcut-o. Deci, trebuie să fi știut că cutia din cutie nu mai era.

O echipă de psihologi a instalat camere de luat vederi în casă, astfel încât să poată urmări băiatul de la distanță, din Sydney.

Alții, din toată lumea, au vrut să "intre" în observarea băiatului. Unii scriau teze de doctorat despre abuzul asupra copiilor, despre neglijență. S-au luptat pentru a ajunge în fruntea listei.

Băiatul se legăna înainte și înapoi fără să scoată un cuvânt. "Box!" fusese singurul lui efort. Dar el știa ce se întâmpla. Îi auzise șoptind. Milionari care voiau să-l adopte. El nu pleca nicăieri. Rămânea pe loc. Asta era casa lui.

Băiatul, care nu mai dormise niciodată într-un pat - sau dacă dormise, nu-și amintea - nu voia să doarmă într-unul acum. În schimb, s-a înfășurat într-o minge și a dormit într-un colț, pe podea. Îi erau de folos perna și pătura pe care i le lăsaseră. Aceste obiecte de lux au rămas neatinse.

În timp ce se hotărau ce să facă cu el, a fost numită o soră. În Australia, surorile se mai numesc și infirmiere. În unele cazuri, o Soră este și o soră (o călugăriță.) De asemenea, o Soră care este infirmieră poate fi și un frate. În cazul în care respectiva Soră/ Asistentă a fost bărbat.

Sora/asistenta băiatului era o doamnă amabilă, care își purta întotdeauna părul prins într-un coc. Purta o uniformă albă cu pantofi asortați care scârțâiau la fiecare pas pe care îl făcea.

Prima dată când a încercat să arunce o pătură peste el, a țipat de parcă ar fi fost atacat de un nor furios.

"Gata, gata", a spus sora. A tremurat, apoi a ridicat pătura. I-a aruncat-o pe umeri, iar băiatul a gâfâit.

"Este moale", a spus ea.

S-a ghemuit în ea. A mirosit-o.

"Este foarte moale și caldă", a răcnit ea.

Băiatul a întins mâna și a atins marginea păturii. A mângâiat-o, ca și cum ar fi fost încă pe oaia de unde provenea.

"Ți-ar plăcea?" a întrebat sora.

El a refuzat timp de două zile, apoi i-a permis să i-o pună în jurul umerilor. După aceea a dormit cu ea, ca și cum ar fi fost un lucru viu. O legăna ca pe un copil, îi șoptea. În cele din urmă s-a consolat cu ea și nu a lăsat-o pe soră să o ia sau să o spele.

În a patra dimineață de libertate a băiatului, animalele au început să se adune afară, pe peluza din fața proprietății. Mai întâi a sosit o femelă cangur. A țopăit până la baza treptelor verandei, apoi s-a așezat pe cocoașe și a privit ușa. Apoi, a sosit un emu și a făcut același lucru. Apoi au venit o pasăre magie, un cacadu și un galah. Păsările cântau pe rând, iar vocile lor păreau să-l cheme pe băiat afară din ușă. Înainte nu fusese înclinat să deschidă ușa sau să iasă pe ea. Totuși, când a văzut animalele și păsările, a ieșit fără ezitare să le întâmpine.

Sora îl privea din spatele ușii de la intrare cu paravan. Nu-i plăceau câinii, pisicile sau păsările - de fapt, o speriau - dar aceste animale sălbatice o îngrozeau. S-ar fi aventurat afară dacă ar fi fost nevoie. Spera să trimită în curând pe cineva să o ajute.

Băiatul stătea pe verandă și inspira aerul. Și-a deschis brațele larg, mai larg, apoi și-a umplut plămânii cu aer de afară. L-a inspirat, cu lăcomie.

Sora care își dorea să fie chiar fiul ei, i-a privit pieptul care se dilata în cadrul micuțului său cadru.

Apoi s-a întâmplat.

Băiatul a început să se ridice, ca și cum ar fi fost un balon care își lua zborul, doar că nu era un balon și nu era pe o sfoară - era un băiat tânăr.

Sora a fugit. Îl iubea - și el scăpa. În spatele ei, ușa de protecție s-a izbit.

"AȘTEAPTĂ!", a strigat ea, întinzându-se spre el cu degete apucătoare.

În timp ce băiatul aluneca. Picioarele lui mici se ridicau. Îl duceau afară, mai departe. În timp ce cele trei păsări îl purtau, tot mai departe.

Ea a apucat, dar el era prea departe. Și astfel, a privit cum o mamă cangur și-a ridicat ochii.

Și băiatul a căzut pe umerii mamei. Ea s-a așezat sus, cu brațele în jurul gâtului roo-ului, și a sărit. Alături de ei, un emu a ținut pasul.

Sora, neștiind ce altceva să facă - a fugit înăuntru să își ia cheile de la mașină. A pornit motorul și l-a urmărit pe băiat, până când nu l-a mai putut vedea.

Băiatul care odată trăise într-o cutie, fusese luat din lumea oamenilor. A plecat în lumea în care animalele aveau grijă de ai lor. Și acest copil era unul dintre ei. Era din familie.

Și băiatul cânta cântece, pe vocile pe care le știa din adâncul sufletului său. Și a râs cu voce tare și a fost fericit, în timp ce era dus departe, în locul din inima lui. Locul în care el era, ceea ce trebuia să fie dintotdeauna.

Capitolul 14
B   IATUL TRIST

ÎN PĂDUREA INTERZISĂ DIN Japonia, a răsunat strigătul unui copil. Păsările s-au adunat și s-au alăturat cântecului, amplificând cererea de ajutor a băiatului singuratic. O bufniță Scops a sosit, speriind restul păsărilor. Ea stătea în apropiere, păzind și așteptând.

A sunat alarma unei mașini. Plânsul ei a înecat strigătele copilului. Acesta se afla într-un scaun pentru bebeluși. Unul care obișnuia să fie pe bancheta din spate a unei mașini.

"Click, click", și alarma mașinii s-a oprit, suficient de mult timp pentru ca șoferul să audă plânsetele slabe ale copilului. Ea și soțul ei s-au repezit în pădure, unde l-au găsit pe copil, care era speriat și singur. Împreună l-au alinat.

Câteva ciute de cerberi au rămas, privind. Evaluând situația. Își foșneau penele și ciripeau. Ca și cum ar fi raportat în direct salvarea copilului.

Femeia a descătușat copilul. L-a ținut aproape și i-a pus întrebări la care era prea mic să răspundă. Întrebări de genul: "Unde este Haha, Ko? Unde este Otosan al tău?" (Tradus: Unde este mama ta, copile? Unde este tatăl tău?"

Soțul ei a cercetat zona. A strigat. Când nimeni nu a răspuns, a căutat semne. Urme de pași de adulți. Nu a găsit niciunul.

"Nici o urmă de pași", a spus el, clătinând din cap cu neîncredere. Pentru el, pădurea nu era locul său preferat. El prefera orașele și zgomotul. El fusese cel care declanșase din greșeală alarma mașinii. Spera ca soția lui să vrea să plece. Îi promisese un prânz la restaurantul ei preferat. Atunci îl auzise pe copil și fugise în pădure.

El își urmase soția, pentru siguranța ei. În oraș, evitau zonele în care puteau sta la pândă prădătorii. Ademenind oameni neștiutori și încrezători - ca soția lui - în pericol.

Pădurea, această pădure anume, era plină de sunete. Vie, cu lumină. Și copilul, nu puteau lăsa copilul.

"Să mergem", a spus el. "Îl ducem la spital, să ne asigurăm că e bine și ei pot verifica la poliție să vadă cui aparține."

A ținut copilul aproape de pieptul ei, trecându-și mâna pe spate, așa cum ar face o mamă cu propriul copil. În mintea ei, el era doar atât, copilul ei. Copilul pe care nu fusese niciodată în stare să-l aibă, care o chemase, iar ea venise în pădurea interzisă și îl revendicase.

"Este al meu", a spus ea, mai întâi sfidător, apoi mai încet, "Adică al nostru. Copilul nostru. Fiul pe care ți l-ai dorit dintotdeauna."

Soțul ei s-a uitat la băiat. Avea nevoie de ei. Și era prea mic, prea tânăr ca să-și amintească ceva înainte. Avea deja încredere în ei. Nimeni nu va ști, se gândea el. Și totuși, era corect să ia acest copil ca pe al lor?

"Nimeni nu va ști", a spus soția lui, de parcă i-ar fi citit gândurile.

Asta se întâmpla des, după doisprezece ani de relație. Se gândeau la lucruri similare. Vorbeau în același timp. Își terminau unul altuia propozițiile.

Erau un cuplu iubitor și stabil. Împreună aveau atât de multe de dăruit unui copil. Și totuși, soarta nu le dăduse unul al lor.

I-a înmânat copilul soțului ei și a așteptat.

Păsările de sus puteau vedea cum îi tremurau brațele. Au cântat, încurajând-o să ia copilul. Ajutându-l să decidă că acel copil era acum al lor.

Deja l-a revendicat în inima și în sufletul ei. La fel și soțul ei, dar el era sfâșiat între egoism și egoism. Voia să facă ceea ce era corect, nu ceea ce era egoist.

"Vrei să vii să locuiești cu noi?", l-a întrebat el pe copil.

Deși acesta nu a răspuns, cei trei s-au îndreptat spre parcare. L-au așezat pe băiat în mijlocul banchetei din spate, departe de airbaguri.

Păsările și bufnița au dat din cap, apoi au zburat în pădure.

Capitolul 15

FEMEIE

O BĂTRÂNĂ SE BALANSEAZĂ pe scaun, înainte și înapoi, înainte și înapoi, înainte și înapoi. Amintirile ei sunt trecătoare, ca niște nori. De multe ori, nu sunt la îndemână.

Confuzia se instalează. În curând, ea va înlocui totul în mintea ei cu neantul.

Demența nu-și alege victimele în funcție de dorințele sau nevoile bolnavului. Scopul ei - să deruteze. De a înstrăina. Să șteargă.

Ea a înfruntat-o, până într-o zi când totul a luat-o razna.

Așa îi spunea ea acum, răsturnare de situație. Sau T/T, pe scurt. Celălalt lucru a fost rău, din ce în ce mai rău. Dar topsy-turvy însemna că nu era nebună și, mai mult decât atât, însemna că nu mai era singură - nu mai era.

În mintea ei, ea vedea totul. Uneori se întâmpla cu încetinitorul, ca și cum ar fi apăsat un buton de pe telecomandă. Alteori, scenele se derulau la nesfârşit, înainte, înapoi, în buclă. Alteori se afla în mijlocul unei întâmplări, observând la prima mână ca un reporter.

Când s-a întâmplat prima dată, i-a fost frică să nu fie rănită sau ucisă. Fusese martoră la nişte lucruri care o făceau să se încâlcească părul. Dar când şi-a dat seama că cei din jurul ei nu o puteau vedea sau auzi, atunci a putut să se relaxeze. Cu excepţia arhanghelilor, ei ştiau că era acolo, dar nu au lăsat ca prezenţa ei să fie cunoscută de ceilalţi.

Ca atunci când mintea ei a zburat în Olanda. Se instalase, urmărind-o pe fetiţă. Plânsese când copila îşi pierduse vederea. Se simţea neputincioasă, căci nu putea face nimic altceva decât să privească. Şi asta s-a schimbat, în timp.

Apoi Lia şi E-Z au devenit prietene, iar în amestec s-a adăugat şi lebăda Alfred. Ea i-a urmărit, a ascultat. S-a simţit ca un membru nevăzut şi neauzit al echipei lor. I-a privit cum lucrau împreună şi cum deveneau prieteni de nădejde.

Apoi, deodată, i-a vorbit Liei în mintea ei, iar fetiţa i-a răspuns. O lume cu totul nouă s-a deschis pentru Rosalie.

La început, conversaţia lor a fost oarecum limitată. Chiar dacă exista o mare diferenţă de vârstă, cele două aveau câteva lucruri în comun. Cum ar fi dragostea lor pentru balet.

De când arhanghelii au schimbat regulile, Rosalie a stat şi mai mult cu ochii pe Cei Trei. Totuşi, aceste schimburi de replici nu erau suficiente pentru a-i provoca mintea, pentru a-i ține mintea ocupată.

Atunci Rosalie i-a descoperit pe Ceilalți. Copii, cu abilități unice în alte părți ale lumii - și ea putea vorbi cu ei.

Mai întâi a fost Brandy, o adolescentă care locuia în SUA. Apoi a existat comunicarea cu Lachie, cunoscut și sub numele de Băiatul din cutie. Al treilea, dar nu ultimul, a fost Haruto, care locuia în Japonia. Haruto era cel mai tânăr dintre toți. Toți cei trei copii aveau abilități. Iar ea era singurul conector.

Deocamdată, Lia o ținea conectată cu Alfred și E-Z, dar în curând va trebui să le spună totul despre ceilalți.

Rosalie a tremurat în timp ce însoțitorii au sosit cu mâncarea ei. Jeleu roșu. Preferata ei. A mâncat-o pe prima, după ce a turnat niște smântână pe ea. Smântână care ar fi trebuit să ajungă în cafeaua ei.

În mintea ei, i-a mulțumit fetei care i-a adus mâncarea, pentru că Rosalie nu putea vorbi. Era incapabilă să vorbească. Singurul ei mod de a comunica era în mintea ei...

Chemarea Celor Trei să o viziteze la Reședința Seniorilor nu părea să fie un lucru bun. Deocamdată, o va lăsa pe Lia să o țină ca pe un secret, iar ea își va lua notițe despre Brandy, Lachie și Haruto și le va pune într-o carte.

Va trebui să o ascundă, de arhangheli. Ar ține un dosar secret. Nu avea de gând să le piardă urma acestor copii, orice s-ar întâmpla.

"OH!", a exclamat ea, băgând mâna în sertarul de sus al noptierei de lângă patul ei. Și-a amintit de un cadou. Un carnețel, Pe față scria: "La mulți ani!".

A mâzgălit pe primele câteva pagini. Fără să scrie cuvinte adevărate, apoi, când a ajuns la pagina a treisprezecea. Treisprezece pentru ea a fost întotdeauna un număr norocos, a început să scrie despre Brandy, Haruto și Lachie. Erau atât de multe de scris. Când mîna a durut-o, s-a oprit, a flexat-o pentru o vreme, apoi s-a apucat din nou de scris.

Rosalie se întrebă dacă mai erau și alți copii în afară de cei trei noi. Dacă mai aștepta puțin, poate că și ei i-ar fi vorbit. Ar fi fost mai bine să-și spună secretul, când toți copiii s-ar fi dezvăluit.

Rosalie a fost atentă, să nu scrie "Secret" sau "Privat" pe exteriorul cărții. Și era bucuroasă că nu venise cu o cheie. Aceste trei lucruri ar fi făcut ca oricine ar fi văzut caietul să vrea să-l citească. Ar fi devenit curios, ca o pisică. Erau o mulțime de oameni de vârsta ei, care erau curioși. Dar nu ar fi vrut să citească după ce ar fi văzut primele treisprezece pagini dezordonate.

A răsfoit caietul până la sfârșitul lui. Rosalie a umplut ultimele treisprezece pagini cu un scris de mână și mai dezordonat. Apoi a pus cartea și pixurile înapoi în sertar și l-a închis.

A zâmbit, s-a lăsat pe spate pe pernă și și-a odihnit brațul gândindu-se la cină. Mai ales la desert.

Capitolul 16

UNDE VEI SUPORT?

Există o lume în care trăim, o lume care este plină de oameni buni și răi. O lume controlată de ființe umane, care au defecte și sunt imperfecte. Oameni care nu sunt roboți... Nu sunt programați să fie buni sau răi.

Învățăm viața noastră, din ceea ce vedem, din ceea ce observăm, din ceea ce suntem învățați și din ceea ce devenim.

Învățăm din bazele care ne-au fost puse. Pe măsură ce creștem și ne extindem orizonturile, trebuie să facem alegeri.

Depinde de noi să aplicăm cunoștințele învățate. Să alegem între greșit și corect.

De-a lungul timpului, oameni mari au fost păcăliți. Oameni mari și puternici. Chiar și adulți.

Uneori decizia este ușoară. Fără zone gri. Uneori, există forțe care ne scapă de sub control și care ne conduc. Altele care ne împing să le urmăm codul lor de etică. Uneori există elemente neașteptate.

Să zicem că suntem pe un drum și cineva ne pune piedici. Putem să o dăm jos sau să ne oprim și să așteptăm ca persoana respectivă să o înlăture. Putem alege.

Viața este despre alegeri. Alegerile pe care le facem ne pot alinia pentru viață. Urmăm acel drum, cu cărămizile așezate din deciziile noastre bune.

Sau putem să ne lăsăm conduși pe o cale greșită. Să ne lăsăm păcăliți. Păcăliți să mergem împotriva a ceea ce știm că este adevărat.

Când se întâmplă asta, totul se poate prăbuși - ca piesele de domino.

Și vor exista consecințe pentru acțiunile noastre - sau inacțiunile noastre. Nu doar pentru noi înșine. Ceea ce facem, îi afectează și pe alții.

Iar în cele din urmă, după ce murim, suntem cu toții prinși și ținuți în brațele celor care ne prind sufletul.

Furiile - trei zeițe malefice - preiau controlul prinzătorilor de suflete.

Prinzătorii de suflete sunt deturnați.

Sufletele zboară fără să aibă o casă.

Suflete fără adăpost.

Haosul este la orizont.

Unde vei sta?

Capitolul 17

ROSALIE ÎN CAMERA ALB

ROSALIE A DESCHIS OCHII. Era ora mesei și ceruse o tavă pentru micul dejun. Camera ei se afla în drum spre sala de mese. Când duceau mâncarea acolo, simțea miros de șuncă. Îi făcea gura apă. Și cafeaua. Și-a așteptat rândul. Nu avea de ales decât să-și aștepte rândul.

Știa că ei preferau să hrănească rezidenții în sala de mese. Înțelegea necesitatea de a respecta un orar. Totuși, știa că vor ajunge și la ea - în cele din urmă. Întotdeauna o făceau în azilul de bătrâni în care locuia ea.

A privit un cardinal într-un copac din fața ferestrei sale și s-a gândit să se dea jos din pat, pentru o privire mai atentă. Dar când a aruncat pătura la loc și a coborât pe covor - s-a simțit ciudat. Ciudată.

Și a aterizat în Camera Albă.

Nimic nu se schimbase de când E-Z fusese acolo. Și nu i-a luat mult timp lui Rosalie să-și găsească picioarele și să înceapă să exploreze.

În timp ce-și trecea degetele de-a lungul rafturilor, a avut o senzație de déjà vu. Mai fusese ea în această cameră înainte?

S-a îndreptat spre centrul camerei și s-a întors. Rafturile de cărți continuau la nesfârșit. Cât vedeai cu ochii. Înălțimea lor o făcea să se simtă amețită și își dorea să se așeze și să-și tragă sufletul.

BINGO

A apărut un scaun confortabil, iar ea s-a așezat pe el. S-a lăsat pe spate, apoi și-a dat seama că avea roți și se putea roti, așa că l-a întors. Și l-a întors. Apoi a închis ochii și s-a odihnit. Se bucura că nu luase încă micul dejun, deoarece stomacul îi era puțin amețit când deasupra ei, ceva s-a mișcat.

Sau își imaginase.

"Tu, acolo!", a strigat ea, arătând spre nimic și nimeni. "Te-am văzut mișcându-te, tu, micuțule... orice ai fi, ieși afară, ieși afară", a încurajat ea.

Hotărând că-și imaginase; s-a întors să investigheze împrejurimile. Și să se întrebe cum a ajuns în acest loc.

"M-am întors în camera mea, imaginându-mi că sunt în acest loc?" Și-a folosit unghiile pentru a săpa în brațele scaunului. A privit cum acestea răzuiau urme pe suprafața de piele. Semnele erau zgârieturi ușoare, suficient de ușoare pentru a fi îndepărtate cu puțină frecare. La urma urmei, ea era un oaspete, iar oaspeții ar trebui să aibă întotdeauna grijă de locul pe care îl vizitează. Altfel, nu vor mai fi invitați să se întoarcă.

Deasupra ei, ceva s-a mișcat din nou. De data aceasta a fost însoțit de un zgomot de aripi care băteau. Era o pasăre prinsă acolo sus, incapabilă să iasă?

"Vin, micuțule", a spus ea, ridicându-se și mergând spre scară.

Structura de lemn, de parcă îi putea citi gândurile, s-a rostogolit pe podea și s-a oprit la picioarele ei.

"Urcă-te!", a spus.

Rosalie a făcut-o și abia când s-a mișcat singură, și-a dat seama că lucrul îi vorbise.

"Uh, mulțumesc", a spus ea, în timp ce se oprea.

"Cu plăcere", a spus scara. "Căutați vreo carte în mod special?".

Rosalie a râs. "Mi s-a părut că am auzit o pasăre. Shhhh."

Scara a râs. "Nu sunt păsări aici, doamnă. Sunetul pe care îl auziți vine de la cărți."

"Cărți cu aripi?" "Da", a răspuns scara. Apoi, "Tu, acolo! Vino aici!"

Rosalie a privit cum o carte neagră și groasă se împingea până la marginea raftului. Apoi, din fața și din spatele ei au răsărit aripi. Dacă a zburat în jos și a aterizat în mâinile lui Rosalie.

"Oh, Doamne!", a spus ea, uitându-se la coloană. "Cred că am citit-o deja pe aceasta."

DWOING.

Cartea s-a smuls din mâinile ei și s-a întors în poziția inițială pe raft.

"Îmi pare rău", a spus Rosalie. Apoi către scară: "Sper că nu l-am jignit pe domnul Dickens".

"Dacă ați terminat cu mine acum", a spus scara, "Pot să vă sugerez să coborâți?".

"Îmi pare rău că v-am irosit timpul", a spus ea.

"Nu v-ați pierdut timpul. Mă bucur că v-am fost de folos."

Rosalie a coborât, iar scara a accelerat spre cealaltă parte a camerei.

Rosalie și-a pipăit fruntea, nu, nu era febrilă. Nivelul de zahăr din sânge trebuie să fi scăzut prea mult. Și acum nu avea să mănânce, nu pentru câteva ore. Iar hoața aia de Agnes Lindsay îi va fura micul dejun. Se va furișa în camera ei și va mânca până la ultima bucățică din el. Când însoțitorii se vor întoarce să ridice tava, vor crede că Rosalie a mâncat-o. Rosalie și Agnes erau dușmani declarați.

Ca să nu se mai gândească la stomacul care-i ghiorăia, Rosalie se concentra asupra cărților. O carte în special. O carte pe care îi plăcuse să o citească la nesfârșit când era fetiță. Se numea Anne of Green Gables de, de... Nu-și putea aminti numele autorului.

"Lucy Maud Montgomery", a spus scara, în timp ce se îndrepta cu viteză spre ea. "Hop one", a spus.

"Ah, îți mulțumesc pentru ofertă, dar sunt prea flămândă și poate prea amețită ca să mă urc pe tine."

"Ia loc", a spus scara, "acolo". Atunci scara a fluierat și sus pe rafturi o carte s-a mișcat înainte. I-au răsărit aripi pe față și pe spate și a zburat în mâinile lui Rosalie. Ea a îmbrățișat-o la pieptul ei.

"Mulțumesc", a spus ea.

"Asta e tot?", a întrebat scara.

"Da, dacă nu cumva ai o pereche de ochelari de citit în plus, ascunsă undeva în această cameră".

BINGO.

Ochelarii ei au apărut și s-au așezat perfect drepți pe nasul ei.

Scara a revenit la poziția sa anterioară.

Pe Rosalie o dureau gleznele.

BINGO.

O stație a sărit sub picioarele ei.

A deschis cartea. Înăuntru era o schiță a omonimei cărții, Anne Shirley. Și-a trecut degetul de-a lungul contururilor părului roșcat al fetiței orfane.

Anne i-a făcut cu ochiul lui Rosalie. Care a clipit, apoi a zâmbit în schimb. Mai auzise de cărți interactive înainte, dar asta era o adevărată surpriză!

Cu mâini tremurânde, a desfășurat harta Canadei, Ochii ei au urmărit săgețile care duceau spre Insula Prințului Edward. În mintea ei, a parcurs distanța - ajungând la Green Gables. În fața casei se aflau soții Cuthbert. O așteptau pe Anne.

A întors pagina și a început să citească. Râdea în timp ce râdea de fiecare situație dificilă în care se afla Anne.

Apoi, stomacul lui Rosalie a început să bubuie și și-a dorit ceva care nu seamănă deloc cu un mic dejun. O salată Jell-o. Ceva ce mama ei obișnuia să facă la ocazii speciale pentru ea când era mică. Partea ei preferată era frișca de deasupra.

BINGO.

În fața ei se afla o salată Jell-o Salata curcubeu, cu un strat de frișcă pe deasupra. S-a gândit că lingura și

BINGO.

A apărut una. Dar apoi și-a amintit cum mama și tatăl ei o certau, dacă mânca mai întâi desertul. S-a gândit la piure de cartofi. Fierbinte, cu unt topit pe deasupra. Oh, și la chiftele cu ketchup. Și la mazărea proaspăt culeasă din grădină.

BINGO.

În fața ei era un castron imens de piure de cartofi. Unt topit pe margini. Era o operă de artă. Arăta aproape prea bun ca să-l mănânce.

Lângă el era un pătrat de chifteluță cu o doză de ketchup deasupra.

Și într-un castron separat, mazăre. Cu o crenguță de mentă deasupra.

Ea a zâmbit. Ca fetiță, nu-i plăcea ca obiectele de mâncare să se atingă. În această cameră, bucătarul știa ce-i plăcea.

Dar bucătarul uitase să-i dea instrumente de mâncat. Ea și-a imaginat un cuțit și o furculiță.

BINGO.

Au sosit și acelea. A mâncat cu lăcomie. Avea grijă să nu o strice pe Anne of Green Gables. Cartea, simțind nevoia de protecție, a zburat în sus și a plutit în aer, unde Rosalie putea ajunge cu ușurință.

Rosalie a mâncat totul, inclusiv salata de jeleu, care se zvârcolea pe lingură.

Când a terminat

BINGO

farfuriile, tacâmurile, etc., au dispărut.

După câteva momente de mulțumire pentru mâncarea pe care o primise, și-a ridicat privirea spre carte.

Dacă a zburat spre ea, iar ea a reluat lectura.

Citea și aștepta.

Ce, sau pe cine aștepta - nu știa.

Capitolul 18
CHARLES DICKENS

Î N ORAȘUL LONDRA, ANGLIA, un container metalic a căzut din cer.

Containerul în sine nu era lung sau asemănător unui siloz. De fapt, cel mai apropiat obiect cu care semăna era o capsulă. Diferența era că acest obiect era de formă pătrată și nu avea ferestre. În loc de ferestre, era oglindit pe toate laturile. De asemenea, fiind plat, atunci când a lovit apa, a alunecat cu o forță extraordinară. A aterizat pe malul râului Tamisa.

La fața locului se aflau doi detectoriști pe nume John și Paul. Ambii bărbați aveau în jur de 30 de ani. Își câștigau traiul din profiturile obținute din detecții. Prin urmare, erau considerați detectori profesioniști.

Orele de lucru ale Detectorilor variau. Ei lucrau pe cont propriu și erau responsabili pentru întreținerea și gestionarea instrumentelor lor.

Un Detector avea nevoie de multe unelte. Nu voia să plece la o săpătură nepregătit. Cei mai mulți purtau peste tot cu ei o cutie de scule. Înăuntru se aflau obiecte esențiale. Pentru a numi doar câteva: căști, huse de ploaie, hamuri, unelte de săpat, mistrii, o centură de scule, un șorț (cu buzunare,) o pungă impermeabilă, un rucsac, un sac de gunoi.

Cele mai multe dintre săpăturile lui John și Paul au fost în Londra, pe Tamisa. Așa cum cere legea, ei aveau permise Standard și Mudlark. Acestea au fost acordate de către Autoritatea Portuară din Londra.

Permisul le permitea să sape până la o adâncime de 7,5 cm, dacă era necesar (scara era necesară indiferent dacă intenționai să sapi sau nu).

În cazul obiectului pătrat - care aterizase în fața lor - trebuia să se gândească puțin la el. Înainte de a-l aduce și de a-l revendica.

"Vreți să vă uitați mai de aproape?" a întrebat Paul.

John, care nu spunea prea multe, a dat din cap.

Au înaintat cu greu, cu uneltele în mână. Cizmele lor wellington se zbârnâiau și se zbârnâiau, dislocând noroi și apă la fiecare pas. Malul râului era adesea foarte murdar, după mai multe zile de ploi consistente.

"Revendicare!" a spus Paul.

"Destul de corect", a spus John.

Deși amândoi o văzuseră exact în același timp, știa că era o revendicare și în numele lui. Erau parteneri, întotdeauna fuseseră și nimic nu avea să schimbe asta vreodată.

Amândoi au înaintat cu greu până au ajuns la ea. Era ca o sferă pătrată de oglindă și, când au încercat să o examineze, tot ce au văzut a fost propria lor reflexie în ea.

"Trebuie să mă tund", a spus John.

Paul a luat-o în derâdere, în timp ce atingea o parte a acesteia cu vârful cizmei. "Trebuie să existe o modalitate de a o deschide", a spus el.

"Este prea mare ca să ne putem rostogoli", a spus John, în timp ce a scos o bandă de măsurat din buzunar și a măsurat înălțimea unei laturi. I-a arătat rezultatul lui Paul, pe care scria: 60 de centimetri.

S-au plimbat în jurul obiectului. Oprindu-se din când în când să bată, să bată. Cu grijă să nu-și pună amprente murdare pe obiectul oglindit. Dar sperau să atingă un buton secret și să-l deschidă.

Și ascultau. Pentru a se asigura că nu ticăie.

"Poate ar trebui să-l ducem la muzeu sau să raportăm descoperirea noastră?" a sugerat Paul. "Ar trimite un camion sau o macara să o ridice și să o transporte. După ce geniștii se vor uita la ea."

John a clătinat din cap.

"Dacă trimit geniștii, o vor arunca în aer. Vor fi cioburi de sticlă peste tot, iar cererea noastră va fi inutilă."

"Adevărat, adevărat", a spus Paul. "Tipilor ăstora le place să arunce lucrurile în aer. Vreau să spun, ăsta e un avantaj, nu-i așa?".

"Așa cred și eu. Ce ar trebui să facem acum? Nu mai ticăie. Suntem în regulă în această privință."

"Da. Nu e nevoie de echipă", a spus Paul. A mers în jurul obiectului, cu mâinile la spate. Era mersul lui de gândire. John a mers în urma lui, potrivindu-i pașii, cu mâinile la spate.

Paul a spus: "Trebuie să ne dăm seama ce este și cât de vechi este. Trebuie să revendicăm doar anumite lucruri, conform Legii comorilor din 1996. Nu pare a fi aur sau argint și, cu siguranță, nu pare să aibă peste trei sute de ani. Această descoperire ar putea fi a noastră și numai a noastră, adică s-ar putea să nu fie nevoie să o raportăm ofițerului nostru local de legătură cu descoperirile (FLO).

"Cu siguranță nu este aur sau argint", a spus John, bătând în obiectul metalic și ascultând. Suna a gol. L-a bătut în câteva locuri și a ascultat.

Deasupra lor au apărut două lumini.

Una era verde și una galbenă.

Au aterizat pe partea de sus a obiectului.

"Shoo!" a spus Paul.

"Oare înnebunim?" a întrebat John, scărpinându-se în cap.

"Nu cred că da", a răspuns Paul.

Luminile s-au ridicat și au plutit în jur. Amândoi au căzut la picioarele containerului. După ce s-au așezat, luminile l-au ridicat și l-au ținut pe loc. Câteva secunde mai târziu a început să se rotească, la început încet, apoi mai repede. În curând s-a rotit cu o viteză mare.

În timp ce se rotea, a început să cânte cu o voce ascuțită.

Detectorii au căzut în genunchi și și-au acoperit urechile cu mâinile. Corpurile lor erau cuprinse de greață, nu foarte diferită de răul de mare. Și le era foarte frică.

"Ce se întâmplă?!" a strigat John.

"Cred că chestia a eclozat!" a răspuns Paul.

În timp ce containerul cădea la pământ, pulsa. S-a cutremurat. Tremura. În timp ce cutia cu oglinzi se deschidea în cascadă, o parte din ea coborând ca un pod rulant pe malul ierbos al râului.

"Arrrgggggggh!", au strigat detectorii.

Au așteptat, privind prin spațiul dintre degete. Nu mai erau interesați să revendice lucrul. Nu mai erau interesați de valoarea sa.

A ieșit un băiat tânăr.

"E un copil", a spus Paul, ridicându-se în picioare.

John s-a ridicat și el în picioare și și-a pus mâinile în șolduri.

"Așteaptă", a spus Paul. "E îmbrăcat ca unul dintre acei copii din Oliver Twist".

"M-am renăscut", a exclamat băiatul, înclinându-și șapca, apoi reducând-o pe cap. S-a întins, a bâiguit, apoi a privit împrejurimile. "Uite, acolo! Clădirile Parlamentului. S-au schimbat de când le-am văzut ultima oară. Și ascultă", a spus el, în timp ce ceasul bătea o dată, de două ori, de trei ori. "De ce au pus Marele Clopot într-o cușcă?", a întrebat el.

"Cum adică o cușcă? Și se numește Big Ben", a spus Paul. "Și de ce ești îmbrăcat așa? Participi la o petrecere costumată?".

Băiatul și-a mângâiat partea din față a vestei. A verificat dacă vesta lui era complet încheiată la nasturi și dacă picioarele pantalonilor erau complet coborâte. Era mai obișnuit să poarte pantaloni scurți, iar cei mai lungi voiau întotdeauna să se înfoaie. Pe cap avea o pălărie pe care și-a scos-o înainte de a vorbi din nou.

"Știți drumul spre Portsmouth?", a întrebat el. "Mama și tata își vor face griji pentru mine".

Detectorii s-au privit unul pe celălalt, dar niciunul nu a vorbit. Pentru prima dată în viața lor, rămăseseră fără cuvinte.

"Am plecat", a spus flăcăul, punându-și din nou pălăria la loc.

POP.

POP.

Hadz și Reiki au sosit, și blocați au zburat direct în fața ochilor tânărului.

"Charles Dickens, trebuie să rămâi cu acești doi oameni. Ei te vor duce acolo unde trebuie să ajungi. Tu trebuie să fii cu E-Z."

"Ce au spus?" a spus John, frecându-și urechile. "Cred că înnebunesc."

"Au spus că este Charles Dickens. Charles Dickens! Și ar trebui să-l ajutăm să ajungă la E-Z, oricine ar fi el, când e acasă", a răspuns Paul.

Charles Dickens. Charles Dickens. Altfel spus, ruda îndepărtată a lui E-Z și a lui Sam... Înclină pălăria spre cele două creaturi asemănătoare zânelor. "Am avut odată o carte cu o zână pe copertă, scrisă de Grimm. Îl cunoașteți?", a întrebat el.

Hadz și Reiki au chicotit, apoi au dispărut.

POP

POP.

Charles Dickens și-a reaplicat pălăria: "Plec la Portsmouth". A început să meargă.

"Ba nu, nu pleci", au spus detectoristele la unison.

"Bineînțeles că da", a spus el.

"Portsmouth este un drum lung", a spus John.

În spatele lor, cubul cu oglinzi a început să se agite și să se clatine. Apoi a vorbit: "Acest cybus autem speculatam se va autodistruge în 5, 4, 3, 3, 2, 1, 0".

Detectorii s-au trântit la pământ, acoperindu-și capetele cu mâinile.

POOF.

Și a dispărut.

"Uf!" a spus Dickens. Apoi a arătat spre Ochiul Londrei. "Ce naiba este asta?", a întrebat el.

Detectorii au alergat în fața lui Charles. Deschizând drumul și deschizând calea. Ca doi apărători de fotbal, l-au ținut în siguranță. Evitând bicicletele, pietonii și câinii vagabonzi. Îndrumându-l pe alte căi pentru a evita tramvaiele, taxiurile și scuterele.

"Se numește Ochiul Londrei și se poate vedea kilometri întregi de acolo."

"Vreo șansă să mâncăm ceva în curând?" a întrebat Charles, frecându-și stomacul.

"De ce să nu veniți la noi și să bem mai întâi o ceașcă de ceai?", a întrebat Paul. "Mama mea face o ceașcă de ceai foarte bună și s-ar putea să adauge și un biscuite sau două".

"Sună bine pentru mine", a spus Dickens. "Apoi va trebui să mă îndrept spre casă. Mama se va întreba unde sunt. Nu am voie să stau afară până târziu și, având în vedere unde este soarele, mă aștept să apună în curând."

Când s-au apropiat de Convent Gardens, Dickens a observat o placă. "Uită-te aici", a spus el. "Numele meu este scris aici."

John și Paul s-au uitat la Charles Dickens.

"Ce?", a spus el.

"Vei fi cel mai faimos autor britanic din toate timpurile", a spus John. "Iar Oliver Twist este unul dintre cele mai cunoscute personaje ale tale".

"Chiar așa?" a întrebat Charles.

"Așa este", a spus Paul. "Și nu vreau să te jignesc sau ceva de genul ăsta, dar, știi, William Shakespeare este și el destul de faimos", a spus Paul.

"Shakespeare a fost un dramaturg. Am scris piese de teatru?". a întrebat Charles.

"Nu, ai scris romane. Atunci, poate că ai avut dreptate".

Au ajuns la casa lui Paul. "Mamă, el este Charles Dickens", a spus el.

Ea era în bucătărie, purta un pinny (șorț) și și-a șters mâinile pe partea din față a acestuia înainte de a-i strânge mâna lui Charles.

"Ești rudă cu Charles Dickens?" a întrebat mama lui Paul.

"Mă bucur să te revăd", a spus John, schimbând subiectul. "Aș putea fi atât de nepoliticos încât să vă cer o ceașcă de ceai cu pâine și unt?".

"Voi trei intrați și luați loc, vă aduc imediat", a spus ea, alungându-i din bucătăria ei.

S-au așezat în camera din față. Paul s-a așezat aproape de fereastră, ca să poată privi prin perdelele de plasă.

Între timp, John și Paul se gândeau la lucruri similare. Cum îl descoperiseră pe Charles Dickens și cum ar putea face niște bani din asta.

Paul a căutat, Când a murit Charles Dickens a murit Charles Dickens? Răspundeți: 1870. I-a arătat ecranul lui John.

"De ce voiai să mergi la Portsmouth?". a întrebat John.

"Am locuit acolo", a spus Charles.

"Mai ai și alte cărți?", a întrebat Paul. "Adică cărți pe care nu le-ați publicat încă?".

"Nu știu", a spus Charles. "Am scris multe cărți?".

"Da, sigur că da, Charles", a spus John.

"Vreo carte bună?" a întrebat Charles.

"Am citit Oliver Twist când eram copil și Great Expectations, de asemenea. Excelente, dar puțin cam lungi pentru gustul meu", a spus Paul.

"A Christmas Carol a fost una bună", a spus John, "Nu prea lungă și o lecție excelentă învățată".

Camera a fost liniștită timp de câteva minute.

"Trebuie să-l găsesc pe acest Ezekiel Dickens - sau cum îl cunosc prietenii, E-Z", a spus Charles. "Nu știu de unde știu asta, dar cred că locuiește în America." A bocetat și abia își putea ține ochii deschiși.

Mama lui Paul a intrat, cărând o tavă plină cu bunătăți. Toată lumea a mâncat pe săturate și, în curând, Charles a adormit pe scaun.

"Ah, micuțul a adormit adânc", a spus mama lui Paul, în timp ce îi punea o pătură peste el.

"E atât de mic", a spus ea.

"Dar este unul dintre cei mai mari scriitori".

John a intervenit: "Are scrisul în sânge, așa că s-ar putea ca într-o zi să fie un mare scriitor."

Mama lui Paul a râs, apoi a urcat în camera ei să se uite la televizor.

Între timp, Paul și John au discutat ce ar trebui să facă cu Charles Dickens.

"Păcat că nu-l putem păstra", a spus John.

"Ei bine, nu cred că muzeul l-ar accepta", a spus Paul.

Amândoi au fost de acord să facă niște cercetări despre Charles Dickens pe internet.

POP

POP.

John și Paul se uitau în față ca și cum ar fi adormit. Chiar dacă erau la mare distanță. Hadz și Reiki le-au cântat un cântec care suna cam așa:

"Charles Dickens e doar un băiat.

El nu este jucăria unui detectorist.

Ajutați-l să-și găsească vărul în SUA.

Fă-o dimineață sau te vom face să plătești!".

Acest cântec s-a tot învârtit în capul lui John și al lui Paul până când au știut ce trebuie să facă.

"Îl vom găsi pe E-Z Dickens", a spus Paul.

"Da, așa trebuie să facem", a spus John.

POP

POP.

Și au dispărut.

Capitolul 19

ROSALIE

Rosalie începuse să se plictisească să citească Anne of Green Gables. Cu cât îmbătrânea, cu atât îi era mai greu să se concentreze mult timp asupra unui singur lucru. Își scoase ochelarii și își dorea să aibă o mască de levănțică pentru a-și acoperi ochii.

BINGO.

O mască moale, cu un miros de levănțică, bloca lumina și îi liniștea ochii obosiți.

"E ca și cum ar fi un duh magic aici!", a spus ea, apoi a închis ochii și a adormit.

Când s-a trezit ceva mai târziu și și-a scos masca, era din nou în patul ei din reședința seniorilor. Oare era nebună sau făcuse o călătorie în mintea ei?

Rosalie se simțea puțin răcită, probabil din cauza mediului rece și steril în care locuia. În anumite momente ale zilei, temperatura scădea.

În acele momente a observat că rezidenții erau în camerele lor, în timp ce asistenții făceau ordine.

Deoarece munceau din greu, nu observau frigul. Nu așa cum făceau seniorii care nu făceau nimic.

BINGO.

Sertarul de jos al dulapului ei s-a deschis și puloverul roșu, moale și pufos, a zburat spre ea. Acesta s-a stabilizat singur în timp ce ea și-a băgat brațele în el. S-a ghemuit simțindu-i căldura în timp ce se încheia singur.

"Acesta este un eveniment destul de ciudat", a spus ea.

S-a așezat în liniște, visând la o ceașcă de ceai fierbinte cu mult zahăr și lapte.

BINGO.

Un ceainic fantezist cu flori pe el a sosit pe o masă din apropiere. Când ceaiul a fost infuzat, s-a turnat într-o ceașcă de ceai asortată, a adăugat două bucăți de zahăr și un strop de lapte.

"Trei bulgări, vă rog", a cerut Rosalie.

A fost adăugat un al treilea bulgăr.

Ceașca de ceai pe farfurie a plutit spre ea.

"Ce ziceți de un biscuit sau două?", a întrebat ea.

S-a oprit în aer.

BINGO.

Acum, pe farfurioară se aflau doi biscuiți de pâine scurtă.

"Ai uitat o linguriță!"

BINGO.

"Mulțumesc", a spus ea, întrebându-se încă dacă avea halucinații și/sau își pierdea mințile.

Totuși, ceaiul era fierbinte, nu prea fierbinte. Dulce, nu prea dulce. Și a mers de minune cu pâinea scurtă.

Când a sorbit până la ultima picătură din ceașcă....

BINGO

a dispărut din mâna ei.

S-a întrebat cât timp vor mai continua aceste trucuri magice, sau trucuri ale imaginației ei. Cât vor dura, se va bucura din plin de ele.

"Stai puțin!"

Și-a adus aminte de carte. Cea pe care nu voia ca cineva să o poată citi.

"Poți tu," a întrebat ea aerul, "să o repari astfel încât celălalt care poate să-mi citească cartea." A băgat mâna în sertar și a ridicat-o. "Deci, singurii care pot să o citească, în afară de mine, sunt Lia, Alfred și E-Z. Nimeni altcineva. Dacă o găsește altcineva și răsfoiește paginile, toate vor fi goale."

Așteptă un semn. Sau un zgomot, dar nu a venit niciunul.

A pus cartea înapoi în sertar, s-a întors și a adormit din nou.

POP

POP

"A adormit deja?" a întrebat Hadz.

"Cred că da. Ea sforăie!"

"Ai grijă să nu o trezești. Dar trebuie să o aducem la bord - adică, oficial."

"Arhanghelii i-au dat puteri, ca să-i supravegheze pe Lia, E-Z și Alfred. Ei știu despre ea", și-a amintit Reiki.

"E adevărat, și ea le va fi loială acelor copii. Și celorlalți. Arhanghelii nu știu amănunte despre ei - și cred că e mai bine așa."

"De acord. Deci, ce trebuie să facem. Ca să facem asta?"

"Rosalie," șopti Hadz direct în urechea ei stângă. "Vrei să-i ajuți pe Lia, E-Z și Alfred, nu-i așa?".

"Da", a răcnit Rosalie.

Reiki a vorbit. "Și cum rămâne cu ceilalți? Ești dispusă să îi protejezi? Chiar și de arhangheli?"

"Da", a răspuns Rosalie.

"Foarte bine", a spus Reiki. "Acum, hai să-i dăm un impuls de memorie. Nu vrem ca ea să uite ce a fost de acord să·facă, nu-i așa?".

Hadz și Reiki au cântat un cântec,

"Amintirile sunt lucruri frumoase.

Care plutesc ca niște inele de fum.

Înapoi și înainte, înainte și înapoi

Lasă amintirile lui Rosalie să o țină pe drumul cel bun.

Magie, magie în aer și în mare.

Leagă contractul nostru cu Rosalie."

POP

POP

Hadz și Reiki au dispărut, în timp ce draga și bătrâna Rosalie a continuat să sforăie.

Capitolul 20

COUSINS

Dimineața, în Anglia, în timp ce ceainicul fierbea, John și Paul se pregăteau. Calculatorul era pornit, iar motorul de căutare era deschis.

"O să fac ceaiul", a spus John.

"Voi începe să scriu", a spus Paul, în timp ce a tastat Ezekiel Dickens în bara de căutare. "Oh", a spus el. "Asta da, a fost neașteptat".

John a sosit cărând o tavă cu ceai, cu bulgări de zahăr într-un bol, pâine prăjită caldă cu unt, cu un borcan de marmeladă alături.

"Ai găsit ceva?", a întrebat el.

"Uită-te la asta", a spus Paul, întorcând ecranul și amestecând bulgări de zahăr în ceaiul său.

Era site-ul web al Supereroilor celor Trei. Au privit cum E-Z s-a prezentat, urmat de Lia și Alfred.

"Este legal?" a întrebat John. "Arată ca trei personaje din rețeaua de desene animate".

Apoi a început reconstituirea salvării din rollercoaster. Paul a apăsat pe PAUSE. A deschis o altă fereastră. A tastat "Amusement Park Rescue E-Z Dickens". A apărut un ziar cu un articol despre asta. "Este legal", a spus el.

"Deci, ruda lui Charles este un supererou?".

"Crezi că ne asemănăm?" a întrebat Charles. Era încă pe jumătate adormit în pijamaua supradimensionată pe care i-o dăduseră să doarmă. A luat o felie de pâine prăjită din farfurie și a mușcat din ea.

"Aveți amândoi nasul lui Dickens", a spus John.

Charles s-a uitat mai atent la partea de pe ecran care era în pauză.

"Bazându-ne pe data la care v-ați născut, a spus Paul, căutând pe Google, din 1812 până acum, E-Z ar fi al șaptelea sau al optulea văr îndepărtat al vostru."

"Ce înseamnă un văr îndepărtat?".

"Înseamnă numărul de generații dintre voi", a spus John.

"Așadar, strămoșul meu este un supererou. Ce este un supererou? Este ca în "Sir Gwain și Cavalerul Verde"?".

"Ah, îmi amintesc că am citit asta la școală când eram mic, da, cavalerii și supereroii sunt asemănători", a spus Paul.

John a derulat în jos pentru a vedea dacă E-Z Dickens era menționat în altă parte. Existau clipuri pe YouTube cu el jucând baseball înainte de a fi în scaunul cu rotile și după.

"Este un adevărat atlet", a spus John. "Și face sport într-un scaun cu rotile".

"Jocul seamănă cu Rounders", a spus Charles.

"Oh, stai, iată ceva despre părinții lui", a spus Paul.

Au citit necrologurile părinților lui E-Z, despre accidentul care le luase viața.

"Bietul băiat", a spus Charles. "Cel puțin acum îl are pe Sam, fratele tatălui său, să aibă grijă de el".

"De ce nu-i dăm un telefon?" a întrebat Paul. Și-a deschis telefonul și a sunat la informații.

Charles s-a uitat peste umăr, în timp ce Paul vorbea în el și o voce de femeie i-a răspuns. "Am nevoie de o ceașcă de ceai", a spus el.

John s-a dus în bucătărie să-i aducă una.

Între timp, Paul a cerut numărul unui Ezekiel Dickens din America de Nord. După ce a format numărul și telefonul a început să sune, Paul l-a pus pe speaker.

"Alo", a spus Sam.

Charles aproape că și-a scăpat ceașca de ceai.

"Uh, bună ziua, numele meu este Paul și sun din Londra, Anglia. Aș dori să vorbesc cu Ezekiel Dickens, vă rog."

"Eu sunt unchiul lui, pot să întreb despre ce este vorba?". Sam a mers pe hol până în camera lui E-Z.

Cei Trei se uitau la un film pe noul televizor cu ecran plat. Sam a luat telecomanda și a apăsat MUTE. Apoi și-a pus telefonul pe speaker.

"Ca să fiu sincer, nu sunt foarte sigur", a spus Paul. "Nu eu sunt cel care vrea să vorbească cu el, ci, ei bine, este..."

"Eu." O nouă voce a preluat controlul telefonului. Vocea unei persoane mai tinere.

"Și tu cine ești?" a întrebat Sam.

"Mă numesc Charles Dickens."

Sam i-a înmânat telefonul nepotului său. "Spune că se numește Charles Dickens."

"Ți-am spus că se va întâmpla ceva ciudat astăzi", a spus Alfred.

"Și eu", a spus Lia, "Dar nu știam că va fi vorba de Charles Dickens!"

E-Z a ezitat înainte de a spune: "Acesta este E-Z Dickens, uh, domnul uh, Charles. Cu ce vă pot fi de ajutor?".

Charles a râs. A fost un râs nervos. Nu știa ce să spună. Nu mai vorbise niciodată cu cineva care se afla în cealaltă parte a lumii.

"M-am întors", a spus el. "Ca să te găsesc. John și Paul, prietenii mei, sunt (și-a înmănușat mâna peste telefon) - detectoriști..."

E-Z nu mai auzise până atunci termenul de detectoriști.

"Ei folosesc aparate pentru a găsi lucruri", a spus Alfred.

Paul i-a luat locul. "O chestie a aterizat în râu. Charles Dickens se afla în ea. Două lumini, una verde și una galbenă, ne-au spus că Charles trebuia să ia legătura cu E-Z Dickens."

"Ce fel de lucru?" a întrebat E-Z. "Era ca un fel de siloz?"

"Aici John", a spus o voce nouă. "Nu, era un cub. Un cub cu oglinzi."

E-Z și-a pus mâna pe telefon: "Nu pare a fi un siloz din acela."

"Te-au trimis îngerii?" a răbufnit Lia. a spus: "Apropo, eu sunt Lia, iar cealaltă voce pe care ai auzit-o era Alfred. Suntem aici împreună cu E-Z și Sam."

"Încântată de cunoștință", a spus Charles.

"Câți ani ai?" a întrebat E-Z.

"În jur de zece ani, cred. Este adevărat că suntem verișori?".

"Da", a spus E-Z, "și unchiul Sam este și el vărul tău".

"Suntem conectați prin spațiu și timp", a spus Charles.

"E-Z este și el un scriitor", a spus Sam.

E-Z s-a strâmbat, iar obrajii i s-au încins.

Sam i-a dat un cot nepotului său pentru a-l readuce la realitate.

"Sunt multe de procesat, domnule Dickens, ăăă, adică Charles. Va trebui să plănuim să te aducem aici, fie asta, fie pot veni eu la tine. Poți să rămâi cu John și Paul pentru o vreme, iar noi vom lua legătura din nou după ce ne vom da seama ce trebuie să facem?".

Paul a spus: "Da, mama spune că Charles nu este deloc o problemă. Poate sta cu noi cât timp vrea".

"Te sun eu înapoi", a spus E-Z.

Telefonul s-a deconectat.

"Oh, apropo", a spus Sam, "Nu era nimic util pe hard disk-ul lui Arden. În afară de confirmarea faptului că au fost online împreună jucând un joc de împușcături multiplayer."

"E bine de știut", a spus E-Z, asta își dăduse deja seama singur.

Capitolul 21

PLANUL   I ROSALIE

ÎN CAMERA SA, E-Z, Lia și Alfred, împreună cu unchiul Sam, au discutat despre conversația pe care au avut-o.

"Nu-mi vine să cred că adevăratul Charles Dickens ne-a sunat la telefon", a spus Sam.

"Da, dar ceea ce nu înțeleg este de ce se află aici. Și în ce a ajuns aici", a spus E-Z. "Adică, are zece ani - gândește el. Iar modul lui de deplasare sună ciudat, o cutie pătrată cu oglinzi. Ce naiba înseamnă asta?"

"Nu pare a fi o navă spațială", a spus Alfred, "Nu că am ști cum ar arăta una".

"Stați puțin!" a spus Lia.

E-Z s-a uitat la ea. "Te gândești la ce mă gândesc și eu?"

Ea a dat din cap.

"CE?" a întrebat Alfred.

"Îți amintești când ne-au chemat arhanghelii, ca să ne spună că unul dintre noi trebuie să moară?". a întrebat Lia.

Alfred și E-Z au dat din cap.

"Gândiți-vă la container. Ca și cum v-ați întoarce din nou în el și vă amintiți de lucrurile pe care le-am găsit. Hârtiile pe care le-am găsit?"

"Înțeleg unde vreți să ajungeți. Te referi la informațiile din cealaltă lume. Despre viețile noastre în alte dimensiuni?" a întrebat E-Z.

"Exact", a spus Lia.

Alfred a sărit în sus și în jos pe pat.

"Ce?" a întrebat Sam.

E-Z a explicat, cât de bine a putut.

"Deci, lasă-mă să văd dacă am înțeles bine", a spus Sam. "Cu toții avem vieți în desfășurare, în altă parte decât aici. Adică pe pământ. Există alte versiuni ale noastre, care trăiesc vieți în afară de a noastră. În timpuri diferite, în spații diferite, în dimensiuni diferite".

"Așa este", a spus E-Z.

"Ne putem schimba viețile atunci?" a întrebat Sam. "Vreau să spun, să schimbăm rezultatul? Putem împiedica lucruri teribile să se întâmple?"

"Nu cred", a spus Lia. "Dar nu știu cât de mult vor ei să știm despre celelalte dimensiuni. Dar, din ce ne-a spus Eriel, noi suntem centrul. Tot ceea ce se întâmplă în rest se învârte în jurul nostru și al vieților pe care le trăim acum."

"Deci", a spus Alfred, "prezența lui Charles Dickens aici trebuie să aibă legătură cu Eriel și cu ceilalți."

"Da, la asta mă gândesc și eu", a spus E-Z. "Dar de ce acum? Procesele s-au terminat. A fost alegerea lor. Totuși, se pare că nu mă pot lăsa în pace."

"Aducându-l înapoi pe Charles Dickens. Și încă o versiune de zece ani a lui! Nu are niciun sens pentru mine", a spus Lia.

"Poate că atunci când îl vom întâlni", a spus Sam, "totul va avea sens."

"Nu și dacă îl implică pe Eriel", a spus E-Z. "Nimic nu este întotdeauna simplu cu el."

"Se pare că o excursie la Londra, este singura noastră modalitate de a afla", a spus Sam.

"Parcă nu am fost acolo cu mult timp în urmă."

"Da, este ușor pentru tine să mergi. Tot ce trebuie să faci este să îndrepți scaunul în direcția corectă și pleci", a spus Alfred. "În timp ce la mine este implicată o mulțime de energie cu tot acel fâlfâit, iar vântul este un factor."

"Ai putea să te urci într-un avion dacă Unchiul Sam ar merge cu tine", a sugerat E-Z. "Tot ce ar trebui să faci ar fi să te așezi pe un scaun cu ceilalți pasageri și să te bucuri de călătorie".

Alfred și-a lăsat capul în jos.

"Nu o spun ca să te fac să te simți prost. Doar îți amintesc că suntem cu toții în aceeași barcă."

"Am înțeles asta. Și îți mulțumesc."

"Bine, acum să ne întoarcem la problema de față", a adăugat E-Z. A închis televizorul.

Lia s-a uitat în față, ca și cum ar fi fost în transă. "Rosalie!", a exclamat ea.

"Cine?" a întrebat Alfred.

Lia a continuat să privească în gol.

"Lia este bine?" a întrebat Sam. "Abia respiră."

Lia s-a ridicat în picioare. "Am ceva să vă spun. Am întâlnit pe cineva, nu în persoană, ci în mintea mea. Este în capul meu și vorbesc cu ea de ceva timp. M-a rugat să nu spun nimic - încă. Cred că ar putea avea legătură cu toată chestia asta cu reîncarnarea lui Charles Dickens."

"Te ascultăm", a spus E-Z, aplecându-se mai aproape.

"Numele ei este Rosalie. Locuiește într-un azil de bătrâni din Boston - și este destul de bătrână. Are demență."

"Nu este aceea care provoacă pierderea memoriei?". a întrebat Alfred.

Dar în clipa în care Rosalie a auzit-o pe Lia menționându-i numele, a fost transportată în mintea și în corpul ei în camera lui E-Z. A plutit deasupra lor, ascultând cu atenție fiecare cuvânt care se spunea. Și-a curățat gâtul, ca să vadă dacă o puteau vedea sau auzi - nu o puteau vedea. Și-a dorit să-și fi adus cu ea caietul și stiloul.

BINGO.

Ambele au ajuns în mâinile ei. A zâmbit și s-a apucat să ia notițe.

"Vrei să spui că voi doi sunteți conectați - prin ESP?" a întrebat Alfred. "Credeam că sunt singurul care are ESP?"

"Nu cred că este chiar ESP. Nu în același mod în care o ai tu."

"Cum așa?" a întrebat Alfred.

"Amintirile lui Rosalie au dispărut. Cea mai mare parte dintre ele, oricum. Nici măcar nu-și recunoaște familia atunci când vin să o viziteze. Nu o vizitează des. Nu o deranjează, deoarece nu-i place. Dar, cumva, am ajuns să fim conectați. Și ea știa totul despre noi și despre puterile noastre. A avut grijă de noi, într-un fel."

"De ce ne spui asta acum?" a întrebat E-Z.

"Pentru că ea a spus că este în regulă. Și a menționat și Camera Albă. A fost acolo nu o dată, ci de două ori. Prima dată, s-a întors în siguranță în patul ei - dar nu și de data asta. Spune că acum se află acolo și că nu o lasă să se întoarcă acasă."

"După cum știți amândoi, eu am fost într-o Cameră Albă", a spus el. "Este locul în care Arhanghelii mi-au făcut prima dată promisiuni și mi-au spus că voi ajunge să fiu din nou cu părinții mei. Practic, unde m-au adus la bord folosind încercările."

Sam a intervenit: "Eriel m-a răpit odată în Camera Albă. A fost destul de plăcut, cel puțin la început - până când nu m-a lăsat să plec."

"Da", a spus E-Z, "Eriel are lipsă de tact. Și este un loc destul de mișto. Obții tot ce ceri dacă te gândești la asta - ca și în cazul magiei. Și există cărți - cărți cu aripi. Dar nu vreau să intru în prea multe detalii aici - să ne concentrăm asupra lui Rosalie. Ce se întâmplă acum?"

Rosalie a râs, gândindu-se ce-ar fi fost dacă i-ar fi spus Liei că se află în două locuri în același timp? Nu, asta i-ar putea speria. A stat de vorbă cu Lia în mintea ei și a spus câteva minciuni sfruntate pe parcurs.

"Ea spune că se preface că doarme. Își amintește că două puncte, unul verde și unul galben, plutesc în fața ochilor ei."

"Hadz și Reiki", a spus E-Z. "Spune-i să nu se teamă de ei. Ei sunt băieții buni."

Ah, a suspinat Rosalie. Apoi și-a dat seama că aceasta ar putea fi ocazia pe care o aștepta. Să le spună Celor Trei despre ceilalți. S-a gândit cu atenție, apoi a decis că era timpul să împărtășească ceea ce știa.

"Așteaptă, vrea să-ți spun ceva." Lia a privit în față în timp ce vocea lui Rosalie îi curgea printre buze: "Mai sunt și alții ca tine, i-am văzut. Cred că de aceea sunt aici."

"Alții, ca noi?" Lia, Alfred și E-Z au exclamat.

"Nu sunt sigură cât de mult ar trebui să le spun despre ceilalți copii de aici, din această cameră. Aveți vreun sfat pentru mine? Ce ar trebui să le spun? Oare mă vor răni? Dacă le spun despre ceilalți copii - îi vor răni?" a spus Rosalie, prin Lia.

"În cinstea ta, E-Z", a spus Lia în locul ei.

"Ascultă mai întâi ce au de spus", a spus E-Z. "Îți vor spune ceea ce știu deja și apoi poți decide cât de mult, dacă mai trebuie să știe ceva, trebuie să știe."

"Un sfat bun", a spus Alfred. "Întotdeauna să fii un bun ascultător. Mai ales atunci când ești ținut împotriva voinței tale într-un loc străin."

Lia s-a oferit: "Îi voi ține la curent pe băieții de aici, dacă vrei să rămânem pe fir - ca să spunem așa."

Rosalie a vorbit folosind gura Liei ca pe a ei: "Trebuie să-mi păstrez toate facultățile... așa că deocamdată voi spune "over and out". Îți mulțumesc ție și găștii pentru ajutor. Ținem legătura dacă am nevoie de tine cât timp sunt aici. În caz contrar, te voi pune la curent când mă voi întoarce acasă, ceea ce va fi curând, deoarece îmi lipsește cina. În seara asta, este curcan, piure de cartofi și mazăre." A ezitat. "Oh, și apropo, Lia, ce bluză frumoasă porți."

BINGO.

"Mulțumesc", a spus Lia, privindu-și tricoul și întrebându-se cum de știa Rosalie ce poartă.

"Ce?" a întrebat E-Z.

"Oh, nimic", a spus Lia.

Din nou în Camera Albă. Rosalie s-a gândit că caietul ei de notițe ar fi mai bine în sertarul de pe noptieră.

BINGO

Și au dispărut.

BINGO

Cina a sosit. Avea totul delicios, dar acum nu se gândea decât la un shake gros de căpșuni.

BINGO.

A sosit unul și, alături de el, o felie de Lemon Meringue Pie.

Atunci au sosit Eriel și Raphael.

"Oh, oh", a spus scara, în timp ce pluteau spre ea arătând ca și cum ar fi fost îmbrăcați pentru Halloween.

"Oare visez? Sau sunt moartă?" a întrebat Rosalie.

"Nici una, nici alta", au răspuns arhanghelii.

Capitolul 22

ÎNTÂLNIREA   I SALUTUL

"Du-te înainte și termină-ți masa", a spus Raphael.

"Da, nu avem altceva mai bun de făcut", a spus Eriel.

În timp ce o priveau cum mănâncă, Rosalie avea probleme de mestecat. Avea probleme în a gusta. Și părea mai rece. S-a uitat la rafturile cu cărți, la scară. Avea sentimentul că acești doi străini nu puneau la cale nimic bun, în timp ce a pus jos cuțitul și furculița.

"Mai întâi de toate", a început Eriel, "această conversație trebuie să rămână între noi și numai între noi".

În mintea ei, a vorbit cu Lia. "Ești acolo, copilă? Mă asculți?"

"...Extincția."

"Îmi pare rău", a spus Rosalie, "dar ai putea să o iei de la capăt, adică de la început? Sunt bătrână și am pierdut urma a ceea ce îmi spuneai."

Eriel a oftat. Ca un băiețel care a fost certat, și-a deschis aripile și a zburat. Când s-a apropiat de partea de sus a bibliotecii, și-a încrucișat brațele și a așteptat. Aștepta ca Raphael să dea o șansă.

Raphael s-a aplecat mai aproape de Rosalie.

"Ochelarii tăi sunt foarte frumoși", a spus Rosalie. "Dar mă fac să mă simt puțin rău de mare cu tot acel sânge care pulsează și plutește acolo."

Eriel a râs.

Raphael și-a scos ochelarii și i-a pus în buzunarele halatului ei negru.

"Draga mea, Rosalie", a răcnit Raphael, "te rog să ignori grosolănia prietenului meu învățat, dar suntem într-o situație aici. O situație în care avem nevoie nu numai de ajutorul tău, ci și de ajutorul lui E-Z, al Liei, al lui Alfred și al celorlalți. Știi la cine mă refer când îi menționez pe ceilalți, da?".

Rosalie a dat din cap, fără să spună nimic.

"Suntem o echipă de arhangheli și puterile noastre sunt limitate. Lucrul, care se întâmplă peste tot în lume, se întâmplă cu sufletele."

"Adică, atunci când oamenii mor?" A întrebat Rosalie.

"Exact."

"Dar asta nu este mai degrabă domeniul vostru, decât al nostru? Ai vorbit cu Dumnezeu - el te cunoaște, nu-i așa? Și dacă încerci să remediezi o situație gravă, de ce să nu-l întrebi direct pe El?"

Deoarece Raphael și Eriel nu au vorbit, Rosalie a continuat.

"Din câte am înțeles, odată ce o persoană expiră, corpul ei este îngropat. Sau incinerat. Sufletele lor - dacă există - continuă să trăiască în alt loc."

Eriel a fost în fața ei în câteva secunde, mârâind. "Asta este incorect.

Raphael l-a dat la o parte. "Este mai complicat decât știi tu. Prea complicat pentru ca majoritatea oamenilor să înțeleagă."

"Oamenii sunt destul de inteligenți", a spus Rosalie. "Am fost pe Lună, am inventat avionul, internetul, focul. Eu nu sunt un geniu, și totuși m-ai adus aici, ca să mă convingi."

Eriel a râs din nou.

De data aceasta, Raphael nu s-a putut abține și a râs și ea.

Și a râs. Și a râs.

Nici unul dintre ei nu se putea opri.

Rosalie i-a ignorat. Ignora ceea ce se întâmpla în jurul ei. Scara care se arunca înainte și înapoi, înainte și înapoi. Cărțile care ieșeau, apoi intrau din nou. Era o asemenea gălăgie. Atât de zgomotoasă. Își dorea din nou liniștea camerei ei.

"Anne of Green Gables", s-a gândit ea.

BINGO.

Cartea era în mâinile ei. A deschis-o, a găsit un semn de carte și a citit. Dacă aveau nevoie de ajutorul ei, trebuiau să muncească pentru asta. Acum că o insultaseră pe ea și întreaga rasă umană, nu avea de gând să le ușureze sarcina.

"Bravo ție", a șoptit Lia în mintea lui Rosalie. "Tu ești la conducere. Iar eu sunt aici cu E-Z și Alfred și îți asigurăm spatele."

Raphael și Eriel încă râdeau. Fără control. Sărind unul în celălalt în aer, ca niște baloane prinse unul de altul.

Apoi și-a amintit că plăcinta ei cu bezea de lămâie nu fusese mâncată încă. A lăsat cartea deoparte, și-a împins furculița în ea și a luat o mușcătură. Era perfectă. Nici prea dulce, nici prea acrișoară, exact așa cum o făcea mama ei. A mai luat încă o furculiță.

Deasupra ei, Eriel și Raphael erau în isterie.

"Opriți-vă!" a strigat Rosalie. "Voi doi sunteți cele mai nepoliticoase, cele mai odioase lucruri pe care le-am întâlnit vreodată. Și am întâlnit niște oameni destul de odioși la vremea mea." Și-a pus furculița jos. "Nu ați fost învățați să fiți maniere? Nicio manieră, la urma urmei?" Și-a ridicat furculița și a arătat-o în direcția lor.

Eriel a zburat în jos. În câteva secunde a fost peste Rosalie, cu gura deschisă. Ea a înfipt-o în cașul de lămâie, apoi a înfipt-o cu furculița în gura arhanghelului.

"Ewwwwwwwwww!", a țipat el. A scuipat-o ca și cum ea i-ar fi dat arsenic.

"Mama m-a învățat întotdeauna să împart", a spus ea cu un zâmbet.

Paloarea lui Eriel s-a schimbat de la negru la verde. După ce a vomitat, a dispărut prin perete.

"Bănuiesc că nu-i place plăcinta?". a spus Rosalie.

Lia râdea în mintea lui Rosalie.

Raphael și-a scos ochelarii din buzunarele halatului, i-a curățat și i i-a pus la loc pe față. S-a așezat lângă Rosalie. Era atât de aproape încât aproape că se așezase în poala ei.

Săraca Rosalie.

"ȘTIM CĂ MAI SUNT ȘI ALȚII ȘI TREBUIE SĂ ȘTIM CINE SUNT ȘI UNDE SUNT - ACUM!"

În timp ce vorbea, fața lui Raphael s-a contorsionat, devenind de nerecunoscut.

Lui Rosalie i s-a ridicat părul în cap. Trupul ei s-a cutremurat.

"Oamenii nepoliticoși nu primesc niciodată ceea ce cer, iar tu, draga mea, ești foarte nepoliticoasă. Și la fel și prietenul tău", a șoptit Rosalie.

Rosalie a redevenit cea care fusese înainte.

Numai că de data aceasta tactul arhanghelului se schimbase. Iar vocea ei era siropoasă când a spus,

"Am de gând să trec prin acel zid și să mă alătur lui Eriel. În cinci minute, ne vom întoarce și vom începe din nou. Avem nevoie de ajutorul tău - ai dreptate - și nu ți-l cerem în modul în care ar trebui." Apoi către femeia din perete: "Setează cronometrul pentru cinci minute". Apoi înapoi la Rosalie: "Când sună cronometrul, ne vom întoarce și vom începe din nou." Așa cum a promis, Raphael s-a îndreptat spre perete și a dispărut prin el.

Ceasul din perete a bătut tare. Părea nelalocul lui. Chiar prea zgomotos pentru bibliotecă.

"Este foarte enervant!", a spus scara, apropiindu-se.

"Îmi pare rău, pentru toată agitația", a spus Rosalie. "Faptul că eu sunt aici nu v-a provocat decât haos."

"Ne place de tine", a spus scara. "De ce nu te miști puțin? Te va face să te simți mai bine."

Rosalie s-a ridicat în picioare, așteptându-se să se simtă obosită după ce a mâncat o masă atât de mare. În schimb, se simțea plină de energie. Mai ales picioarele ei. Se simțea de parcă ar fi avut din nou zece ani. A executat o săritură. Ce distracție!

"Și acum", a spus Rosalie, "pentru următorul ei truc. Marea Bunicuță va încerca nu una, nici două, ci trei rotiri consecutive", - ceea ce a și făcut. "Mulțumesc, mulțumesc!", a spus ea, făcând o plecăciune și salutând cu mâna de parcă ar fi câștigat o medalie de aur la Jocurile Olimpice.

BRRRIIIING.

Cronometrul s-a terminat. Au sosit Eriel și Raphael.

Arhanghelii erau îmbrăcați diferit. Ca și cum ar fi mers la două petreceri diferite.

Eriel purta un costum cu dungi negre, cămașă albă și cravată.

Raphael purta o rochie roșie, asemănătoare cu cea a lui Mumu, care îi acoperea corpul în întregime, de la gât până la degetele de la picioare.

"Mă simt prost îmbrăcată", a spus Rosalie.

BINGO.

Acum purta cea mai elegantă rochie a ei. Era cea pe care precizase că voia să o poarte după ce va muri.

A căzut pe scaun, cu ochii în sus. Și arhanghelii au plutit spre ea. Aripile lor se mișcau, ca niște aripi de fluture, în timp ce se apropiau de ea cu grație și frumusețe. Ochii ei s-au umplut de lacrimi.

"Cu ce vă pot ajuta, dragii mei?" a întrebat Rosalie.

Era ca și cum ei aveau acum o putere asupra ei, o putere pe care nu voia să o depășească. A căzut pe podea, îngenunchind acum în fața celor doi arhangheli. Raphael a atins-o pe umărul drept, iar Eriel a atins-o pe umărul stâng.

"Spune-ne ce trebuie să știm", au răcnit ei.

"Ceilalți s-au împrăștiat", a spus ea, apoi a căzut pe podea ca o marionetă fără sfori.

"E prea bătrână pentru asta", a spus Eriel. "Dacă moare, nu ne va fi de niciun folos."

"Continuă, funcționează."

POP.

POP.

Hadz și Reiki au apărut, fiecare a șoptit în urechile lui Rosalie. Au ajutat-o să se ridice în picioare.

"Plecați de aici, voi doi, interlopilor!" a strigat Eriel cu o voce explozivă,

Rosalie a ieșit din transa în care o băgaseră.

"Plecați!" a exclamat Raphael și nu a mai existat niciun POP, în schimb sunetul auzit a fost un singur

SPLAT.

Rosalie și-a pus mâinile în șolduri: "Sper că nu i-ați rănit pe cei doi dragi. De fapt, dacă vrei să mă gândesc să te ajut, atunci ar trebui să le aduci înapoi aici ACUM, ca să pot vedea că sunt bine. Refuz să vă mai spun ceva până nu-i aduceți înapoi." A traversat camera, s-a așezat cu spatele la peretele alb, a închis ochii și a așteptat. Avea toată ziua, toată săptămâna, tot anul la dispoziție. Nu se grăbea să fie nicăieri sau să facă ceva.

POP.

POP.

"Mulțumesc", au spus Hadz și Reiki, în timp ce se așezau pe umerii lui Rosalie.

"O dăm în bară", a spus Raphael. Apoi către Hadz și Reiki: "Voi știți în ce situație se află Pământul, ne puteți ajuta să obținem ajutorul acestui om?".

Reiki a spus: "Știm că există o situație! Dacă nu ați fi renunțat la înțelegerea cu E-Z, Lia și Alfred, ei ar fi fost deja la bord. Rosalie nu are încredere în niciunul dintre voi."

Hadz a spus: "Iar tu nu ai fost sincer cu ea".

Hadz a spus: "Cu oamenii, încrederea și onestitatea sunt totul."

Eriel s-a năpustit spre ei.

Raphael l-a reținut înainte ca ea să spună: "S-a făcut o eroare, din partea noastră, iar această eroare are cauză și efect. Încercăm să salvăm Pământul de la daune colaterale. Singurul mod în care o putem face, este să apelăm la cei care au primit puteri, puteri supranaturale, puteri de supereroi. Fără ei, omenirea va eșua - și va fi vina noastră."

Rosalie s-a ridicat în picioare. A aruncat o privire la cele două creaturi mici care stăteau pe fiecare dintre umerii ei. "Pot să am încredere în ele două?"

"Raphael este demn de încredere", a spus Hadz.

"Dar noi nu suntem siguri în privința lui", a spus Reiki.

POP.

POP.

Amândoi au dispărut, de teamă să nu fie trimiși înapoi în mine de către Eriel.

Eriel s-a ridicat, din ce în ce mai sus, apoi a dispărut prin tavan.

Rosalie a schimbat subiectul. "Cât timp mă gândesc la asta, poți să-mi explici ce este acest loc? Eu îl numesc Camera Albă, dar este acesta numele corect - și de ce ori de câte ori îmi doresc ceva, acel ceva apare? Poate că se numește Camera Magică?". În acel moment, Rosalie s-a gândit la E-Z, îngerul/băiatul din scaunul cu rotile.

ACK.

E-Z a sosit.

"Whoa!", a spus el, realizând că i s-a alăturat lui Rosalie în Camera Albă. S-a gândit la ochelarii săi de soare și

PRESTO

Erau pe fața lui. S-a plimbat prin cameră, simțindu-și din nou picioarele și podeaua. Apoi și-a întins mâna și a spus: "Tu trebuie să fii Rosalie".

"Iar tu trebuie să fii E-Z, a spus ea, fără scaunul cu rotile. Acest loc este cu adevărat magic!"

"Și, bună ziua, Raphael".

"Bine ai venit, E-Z", a spus Raphael. Apoi, către Rosalie: "Cam atât despre discreție - asta trebuia să fie confidențial."

"Orice promisiuni ți-ar face, le va încălca. Nu se pricepe deloc să se țină de cuvânt - iar Eriel este și mai rău, la fel ca și Ophaniel - și nici măcar nu ai cunoscut-o încă. Totuși, să știi că toate sunt niște mincinoase."

"Mi-am dat seama de asta", a recunoscut Rosalie. "Și a plecat, Eriel se comportă ca un copil răsfățat."

"Mi-ar fi plăcut să văd asta", a spus E-Z. "Sună foarte puțin asemănător cu Eriel, dar, omule, ar fi fost un lucru minunat de văzut."

"Ajunge cu aceste cordialități", a spus Raphael. "Cred că nu am de ales decât să vă explic și vouă situația." A bătut din picioare și și-a lăsat aripile să cadă pe lângă ea, îmbufnată. S-a întors cu fața spre E-Z și Rosalie. "Lumea trebuie salvată, din cauza unei erori din partea noastră. Vreți voi și ceilalți să ne ajutați să îndreptăm situația - adică să salvăm Pământul, sau nu?"

Rosalie și E-Z au făcut un schimb de priviri.

"Dați-i drumul", a spus ea. "Sunt de acord cu orice decideți."

E-Z nu a răspuns imediat.

"Dacă îmi spui totul, le voi transmite și celorlalți și vom vota. Suntem un grup democratic".

"Cât va dura asta?" Raphael a luat-o în derâdere. "Și cum vei reveni la mine? Să o țin, poate, pe Rosalie aici, ca prizonieră, până când vă veți da seama? Douăzeci și patru de ore vor fi de ajuns?"

Rosalie a spus: "Nu mă deranjează să rămân în această cameră. Sunt o mulțime de cărți de citit și pot să comand tot ce vreau. Mult mai interesant și mai palpitant decât să stau în cămin."

E-Z a dat din cap. Lui Rosalie i-a spus: "Mulțumesc și ai dreptate, această cameră este destul de specială. Vei fi în siguranță aici". Apoi către Raphael: "Rosalie nu va fi prizoniera ta, de fapt va fi oaspetele tău". O carte a zburat de pe raft și a aterizat în mâna lui. Era Harry Potter și Camera Secretelor.

"Mi-ar plăcea să o citesc", a spus Rosalie. Cartea a părăsit mâna lui E-Z și a zburat spre Rosalie. Ea a prins-o și a deschis-o și a început imediat să citească.

"Rosalie va fi oaspetele nostru", a spus Raphael. "Douăzeci și patru de ore atunci?".

"Douăzeci și patru de ore", a fost de acord E-Z.

"Așteptați!", a strigat o voce. O voce fără corp. O voce care răsuna și răsuna. Până când o carte s-a dislocat de pe un raft de deasupra. A căzut în picaj spre podea, până când aripile sale au izbucnit în față și au salvat-o de la ruperea spatelui.

Raphael a părut surprins de voce. A încercat să se retragă, dar ceva a ținut-o în loc.

Rosalie și E-Z au așteptat și au ascultat.

"Raphael nu v-a spus totul", a spus vocea tunătoare.

Era ca și cum aerul vibra cu fiecare silabă, dar într-un mod bun, amabil și blând, nu într-un mod înfricoșător de sfârșit de lume.

"Spune-ne", a spus E-Z.

"Un pic mai încet", a sugerat Rosalie. "Sunt bătrână, dar nu sunt surdă, să știi!".

"Îmi pare rău", a spus vocea. Și-a curățat gâtul. Apoi a șoptit: "E-Z Dickens, îți amintești alegerile pe care ți le-am dat? Cele două opțiuni?"

E-Z și le amintea destul de bine. Una dintre ele era să rămână în siloz pentru totdeauna. Amintirile familiei sale în buclă. Cealaltă era să se întoarcă la viața lui cu Unchiul Sam.

"Da."

"Spune-mi ce-ți amintești despre alegeri?", a întrebat vocea.

"Au spus că puteam să rămân în container și să retrăiesc amintirile familiei mele în buclă sau să mă întorc la viața mea cu Unchiul Sam."

"Și prinzătorul de suflete? Ce-i cu el?"

"Nimic", a recunoscut E-Z cu o ridicare din umeri.

Vocea a urlat - ca și cum a vorbi acum i-ar fi provocat durere. Rafturile se zguduiau și lucrurile POPUCAU în aer la întâmplare. Mai întâi a fost o murătură uriașă. Obiectul verde s-a învârtit în sensul acelor de ceasornic, apoi în sens invers, după care a dispărut.

Apoi, deasupra lor a apărut o minge de oglindă. Își schimba culorile în timp ce se rotea. Când se rotea mult prea repede, se temeau că se va prăbuși peste ei. S-au pus la adăpost, dar înainte de a reuși, bila a dispărut.

Apoi, a apărut capul unui clovn. Acesta a plutit în fața lor și a spus: "Ce este alb-negru și alb-negru și alb-negru, și alb-negru și alb-negru și alb-negru".

"Ajunge!", a tunat vocea.

"Îmi pare rău", a spus Raphael.

"Ar trebui să-ți pară!", a răcnit prima voce. Apoi, mai încet, mai blând, mai încet, a spus: "E-Z și echipa lui trebuie să știe despre Prinzătorii de Suflete - totul. Altfel, nu vor înțelege complexitatea breșei."

Vocea a făcut o pauză de câteva secunde, apoi a continuat: "Un Prinzător de Suflete prinde sufletele atunci când un corp uman moare. Este un loc de odihnă nesfârșit. Toți oamenii și toate creaturile au vase în care să meargă. Lucrul pe care l-ai numit siloz este un captator de suflete. Un loc de odihnă pentru eternitate."

"Bine", a spus E-Z. "Deci, ce legătură are asta cu sfârșitul lumii?".

"Vreau să-mi văd prinzătorul de suflete", a spus Rosalie.

"Dacă tu și prietenii tăi nu faceți ceva, nimeni nu va mai avea un Prinzător de Suflete. Când corpul tău va muri, vei MURI. Asta e tot. Sfârșit. Sufletul tău și sufletele tuturor celorlalți nu vor avea unde să se ducă, iar când un suflet nu are unde să se ducă, atunci nu mai există niciun scop. Nu mai are niciun motiv să existe. Iar fără suflete, oamenii sunt simple costume de carne."

"Stai puțin", a spus E-Z. "Vrei să spui că persoana care este responsabilă pentru Capturatorii de Suflete. Oricum i-ai spune - CEO, președinte, ai înțeles esențialul. Vrei să spui că au fost compromiși?"

Raphael a deschis gura pentru a răspunde, dar E-Z nu terminase încă de vorbit.

"Cum funcționează toată chestia asta cu Prinzătorul de Suflete, oricum? Eu am fost chemat la al meu în mai multe rânduri și nici măcar nu sunt MOARTĂ. Vrei să spui că ăștia, orice ar fi ei, pot acum să mă forțeze să intru în Prinzătorul meu de Suflete după bunul plac?" A ezitat: "Și ce știi tu despre Charles Dickens? El a sosit într-un container cu oglinzi, deci nu este un Prinzător de Suflete. Cum a ajuns sufletul lui dintr-un loc în altul? Învierea lui se datorează vouă, arhanghelilor?".

Raphael a așteptat să vadă dacă mai avea și alte întrebări.

A avut.

"Și cum rămâne cu cei doi cei mai buni prieteni ai mei, PJ și Arden. Cum se integrează ei? Amândoi sunt în comă. Vreau să-i aduc înapoi. Faptul că te ajut pe tine, îi va ajuta?"

Vocea din perete a tunat ca răspuns.

"Nimeni nu se ocupă de "Soul Catchers". Nu este ca o companie înființată pentru profit. Când cineva moare, sufletul său este prins și trăiește în Captatorul de Suflete desemnat."

"Nu înțeleg", a spus E-Z. Apoi, "Stai puțin, cineva sau ceva a deturnat prinzătoarele de suflete? Și dacă răspunsul este da, atunci cu siguranță voi avea nevoie de mai multe informații despre cine sunt aceștia înainte de a ne implica. Dacă voi, arhanghelii, nu-i puteți învinge, atunci cum vă așteptați ca noi să o facem?".

Vocea din perete i-a spus lui Raphael: "Ei bine, Eriel s-a înșelat când a spus că băiatul ăsta este gros ca o cărămidă. A reușit, dintr-o dată. Foarte bine, E-Z."

"Uh, mulțumesc, cred", a spus el. "Dar ce anume am nimerit?".

Vocea a continuat. "Trei zeițe au deturnat, într-adevăr, captatorii de suflete."

E-Z a deschis gura să vorbească, dar înainte de a putea, vocea a vorbit din nou.

"Charles Dickens nu a sosit într-un captator de suflete, așa cum ai bănuit. Rudele de sânge au puteri asupra timpului și spațiului. Tu l-ai invocat. El a venit să vă ajute."

"Nu l-am chemat!" a spus E-Z.

"Și totuși, s-a întors, îți știa numele și a vrut să te ajute, nu-i așa?"

E-Z a dat din cap.

"Iar la ultima ta întrebare, da, viețile prietenilor tăi sunt în pericol din cauza celor trei zeițe."

"Zeițele?" a repetat E-Z. "Ca în mitologia greacă? Sunt ele reale? Credeam că toate poveștile alea sunt ficțiune."

"Ele se bazează pe fapte istorice", a spus Raphael.

"Nu putem să ne confruntăm cu o echipă de zeițe mitologice!" a exclamat E-Z. "Suntem niște copii".

"Riscurile sunt mult mai mari dacă nu o faceți, deoarece nu avem pe nimeni altcineva pe care să îl rugăm să ne ajute. Nu există nici Batman, nici Spiderman, nici supereroi din viața reală. Singurii eroi sunteți voi, copii, puteți? Ne veți ajuta? Noi știm cum, pentru a rezolva această problemă, avem nevoie de corpuri, de oameni pe teren. Oamenii cu puteri pot învinge. Puteți învinge asta. Aceste lucruri. În primul rând, le poți vedea. Noi nu putem", a spus Raphael.

"Știu că aveți nevoie de ajutor, dar nu văd cum putem salva ziua - nu împotriva unor zeițe puternice. Da, avem puteri, dar cu ce anume ne confruntăm? Ce se va aștepta de la noi? Care sunt pericolele pentru noi? Adică, voi sunteți deja morți - noi nu suntem. Dacă vă ajutăm - care sunt riscurile?".

A ezitat și, când nimeni nu a spus nimic, a continuat.

"Dacă suntem de acord, îl puteți proteja pe unchiul meu Sam, pe soția lui, Samantha, și pe copii? Puteți să vă asigurați că PJ și Arden nu vor ajunge morți în Prinzătorii de Suflete? Și ce avem de câștigat, pentru noi? La urma urmei, ne-am risca viețile. Tu nu ești om, așa că nu ai nimic de pierdut!".

Rosalie a intervenit: "E-Z nu văd ca ai de ales. Ai dreptate, vor exista riscuri, iar eu nu sunt încă moartă - dar sunt bătrână - așa că riscul pentru mine nu este atât de mare. În plus, îmi place ideea că, atunci când viața mea se va sfârși, mă va aștepta un prinzător de suflete."

E-Z a dat din cap. "Am înțeles asta. Ideea că părinții mei plutesc prin preajmă. Singuri. Fără adăpost. Fără prinzător de suflete. Ei bine, mi se face rău. Mă enervează atât de tare încât îmi vine să scuip. Dar tot trebuie să vorbesc cu ceilalți", a reiterat E-Z, încrucișându-și picioarele. Se simțea atât de bine să poată face lucruri simple, cum ar fi să-și încrucișeze picioarele.

Te transformi într-un adevărat orator acolo, i-a spus Lia în mintea lui.

"Uh, mulțumesc", a răspuns el.

"Așa cum erai atunci", a spus vocea. "Douăzeci și patru de ore. Între timp, Rosalie va rămâne aici, cu noi."

"Ca oaspete al vostru", a subliniat E-Z.

"Voi fi bine", a spus Rosalie. "Și voi ține legătura discutând cu Lia. Mie și Liei ne place să stăm de vorbă."

El a dat din cap. Cu Lia, prin Lia. E-Z nu era sigur ce știau și ce nu știau - dar nu avea de gând să le dea ceva ce nu aveau deja.

"Ne vedem curând", a spus el, făcându-şi la revedere cu mâna.

Apoi s-a întors din nou în scaunul cu rotile. Era faţă în faţă cu prietenii săi. Dar cum putea să le spună? Cum să le explice?

În cele din urmă, a decis că cea mai bună măsură era să le spună totul. Şi exact asta a făcut.

Capitolul 23

SCHIMB RI

D EȘI VEȘTILE LUI E-Z nu erau ceea ce se așteptau să audă, atât Alfred, cât și Lia au avut multe de spus în replică.

"Ce tupeu au!" a exclamat Alfred. "După ce ne-au făcut nouă. Adică să facă promisiuni, apoi să se dezică și să schimbe planul de joc. Eu unul, nu am încredere în niciunul dintre ei, nici cât îi pot arunca."

"Este ceva uriaș și îi implică pe cei dragi nouă care au murit", a spus E-Z.

"Cum așa?" a întrebat Sam.

"Nu cunosc detaliile. Tot ce știu este că implică trei zeițe malefice al căror plan este să deturneze și să controleze toți prinzătorii de Suflete."

"Asta e o nebunie!" a spus Lia. "De ce le-ar vrea ele? De ce să se chinuie atât de mult? Ce au de câștigat?"

"Stai puțin", a spus E-Z. "O să-ți spun tot ce mi-au spus. Țineți minte că nici ei nu știu cu siguranță.

"Oricum, iată cum stă treaba. Ele sunt zeițe mitologice, care au fost aduse înapoi. Scopul lor este să controleze Prinzătorii de Suflete - prin orice mijloace posibile.

"Și modul în care au ales să o facă, este să ucidă oameni. Oameni care nu trebuiau să moară! Și apoi îi pun în Captatoare de Suflete pe care le-au deturnat. De la oameni care au nevoie de ele. Astfel, sufletele lor nu au unde să se ducă."

"Tot nu înțeleg", a spus Lia.

"Gândește-te la asta în felul următor. Lia, tu, Alfred și cu mine am fost deja în Captatoarele de Suflete. Puțini au voie să intre acolo înainte de a fi morți. Adică, cine ar vrea să fie?"

"De acord", a spus Alfred.

"La fel", a spus Lia.

"Dar dacă ți-aș spune chiar acum, că prinzătorul tău de suflete a fost umplut de altcineva - și deci nu mai este al tău?".

"Oamenii nici măcar nu știu despre Captatoarele de Suflete!" a exclamat Alfred. "Cei mai mulți cred că sufletele lor se duc în rai (sau, dacă sunt rele, în locul fierbinte.) Dacă ar ști, ar fi supărați din cauza asta. Dar nu știu."

"Da, nu poți rata ceva despre care nu știi nimic", a spus Sam. "Și nici nu poți să lupți pentru ceva despre care nu știi."

"Mi-au spus că sufletele părinților mei ar putea să plutească pe aici chiar acum, fără adăpost. Asta m-a lovit tare."

"Tocmai de aceea ți-au spus asta!" a spus Sam. "Este o manipulare directă."

"Nu, este șantaj emoțional", a spus Alfred. "Dar înțeleg de ce au spus asta. Dacă mi-ar fi spus același lucru despre familia mea, aș fi vrut să mă implic. Vreau să mă lupt cu aceste zeițe. Dacă aș fi un cap înfierbântat, aș acționa imediat pe baza emoțiilor mele. Dar trebuie să fim logice aici. Trebuie să ne păstrăm capul drept".

"Cine sunt aceste zeițe, oricum? Ce știm despre ele?" a întrebat Lia.

"Și suntem siguri că arhanghelii sunt de partea bună în această situație?". a întrebat Sam.

"Au spus că o eroare din partea lor, a făcut ca acest lucru chiar să se întâmple - dar nu mi-au spus exact cum s-a întâmplat sau de ce. Și nu aveau chef să fie presați pentru informații - mai mult decât am reușit deja să le scot eu. În plus, ei o au pe Rosalie și timpul nostru pentru a lua o decizie se scurge."

"Exact", a spus Lia. "Și totuși, cum putem decide când nici măcar nu știm cu ce ne confruntăm? Ei știu că suntem copii. Da, fiecare dintre noi are puteri unice - dar sunt ele suficiente? Dacă arhanghelii nu pot gestiona ei înșiși această situație... de ce știu ei că noi vom fi în stare?".

"Asta nu pot să spun. I-am presat să îmi spună mai multe. Dacă nu ar fi fost vocea din perete - nu mi-ar fi spus atât de multe pe cât am aflat."

"Cum îndrăznesc să ne ascundă informații!" a exclamat Alfred.

"Le-am explicat ceea ce știu. Sunt trei dintre ei. Sunt zeițe - creaturi mitologice care credeam că nu sunt reale."

"Putem afla tot ce trebuie să știm pentru a ne înarma împotriva lor online", a spus Sam. "Dar va dura ceva timp." A ezitat. "Oricum, nu cred că vom avea prea mult noroc căutând informații despre Prinzătorii de Suflete."

"Am încercat deja și nu am putut găsi nimic."

"Când ai auzit prima dată despre ei?". a întrebat Sam.

"Vocea din perete a lăsat să se înțeleagă că mi s-a mai spus despre ei, dar de fiecare dată când încerc să-mi amintesc e ca și cum un zid blochează informația."

"Uau! Exact același lucru mi se întâmplă și mie", a spus Lia. "E atât de ciudat."

E-Z a aruncat o privire la ora de pe telefonul său. "Ei bine, v-am dat tuturor multe lucruri la care să vă gândiți. Avem timp până mâine dimineață să luăm o decizie fermă... dar nu cred că avem altă alegere decât să acceptăm să-i ajutăm. Adică, dacă nu o facem noi, atunci cine?".

"Și eu mă gândeam la același lucru", a spus Alfred. "Dar tot nu-mi place felul în care au procedat."

"Nici mie", a spus Lia. "Mă duc să mă culc. Noapte bună tuturor. Ne vedem mâine dimineață." A închis ușa în urma ei.

"Aveți nevoie de ceva?" a întrebat Sam.

"Nu, sunt bine. Noapte bună, unchiule Sam."

"Noapte bună, E-Z. Trebuie să-ți spun cât de mândru sunt de tine și cât de mândri ar fi părinții tăi."

"Mulțumesc."

"Și noapte bună, Alfred", a spus Sam în timp ce deschidea ușa.

"Noapte bună", a spus Alfred, apoi s-a așezat cu capul sub aripă și a adormit.

E-Z, incapabil să doarmă, se uita la tavan cu mâinile la ceafă. A făcut câteva abdomene, apoi s-a întors pe o parte, sperând să adoarmă. În schimb, a zărit două lumini, una verde și una galbenă, plutind spre el.

"Ești treaz?" a întrebat Hadz.

"Nu", a spus E-Z cu un zâmbet, în timp ce s-a așezat.

"Nu ar trebui să vorbim cu tine", a spus Reiki, "dar trebuie să vorbim cu tine, așa că trebuie să ghicești ce nu ar trebui să-ți spunem."

"Să ghicesc? Pe bune? Poți să-mi dai un indiciu... știi tu, să restrângi câmpul pentru mine, chiar și un pic?"

Îngerii care voiau să fie îngeri și-au șoptit unul altuia. Păreau să nu fie de acord, deoarece Hadz a zburat într-o parte a camerei, iar Reiki în cealaltă.

"K, mă duc să mă culc. Când îți dai seama, poți să-mi spui dimineața."

A ațipit, apoi s-a trezit. Era în scaunul său și zbura pe cer. Și-a pus centura de siguranță. "Ce naiba?"

"Ne-am hotărât, deoarece nu am putut restrânge câmpul pentru tine. Sau să-ți spunem ce trebuie să știi. Pentru a lua o decizie în cunoștință de cauză... În schimb, am decis să vă arătăm. Așa că, urmați-ne."

În timp ce norii treceau pe lângă el și aerul curat, dar rece al nopții îi umplea plămânii, E-Z s-a simțit mai viu decât se simțise de ceva vreme. Într-un fel, îi era dor să fie chemat la încercări pentru a ajuta și a salva oameni care se aflau în dificultate.

De când încetase să mai lucreze cu Eriel, nu se mai simțea ca un supererou. E adevărat, salvase o pisică care era blocată într-un copac. Și împiedicase o minge de baseball să spargă un vitraliu valoros al unei biserici.

Dar în cea mai mare parte a vieții sale de zi cu zi se gândea la viitor. Plănuia să termine liceul în cea mai bună poziție pentru a obține o bursă. La cel mai bun colegiu sau universitate, pe care o putea obține.

Unchiul Sam și Samantha făceau planuri pentru noul copil. Țineau secret dacă bebelușul era băiat sau fată și nimeni nu avea voie să intre în noua cameră a bebelușului. Lui E-Z i se părea ciudat să aibă cincisprezece ani și să fie în curând unchi, dar abia aștepta.

Iar Lia, se descurca bine la școală, se integra chiar dacă trecuse de la șapte la doisprezece ani în două salturi într-o perioadă relativ scurtă de timp. Orice ar fi îmbătrânit-o părea să se fi oprit și acum se părea că era îndrăgostită de PJ. Cu siguranță creștea și el zâmbea gândindu-se la cât de autoritară devenise. Asta îi amintea de Micul Dorrit Unicornul. Nu o mai văzuseră de la încercări. Poate că arhanghelii o trimiseseră să o ajute pe Lia când toate erau conectate. Apoi, mai era și sosirea vărului său Charles Dickens. Iar PJ și Arden erau blocați în comă - și nimeni nu știa cum să-i scoată din ea. Alfred se ținea ocupat, prin casă. De când sosise el, unchiul Sam nu mai trebuia să taie iarba atât de des.

Și-a amintit din nou de cele două procese în care găsise asemănări. Cel cu fata îmbrăcată ca un personaj de multijoc. Celălalt cu băiatul căruia i se spusese să-l ucidă pe E-Z pentru a salva viața familiei sale. Erau legate între ele. Eriel avea dreptate. Trebuia doar să-și dea seama exact ce înseamnă asta.

"Mai avem puțin până acolo?", a întrebat el, observând cât de frig se făcea. Se mișcau repede, apropiindu-se de Parcul Național Death Valley, în deșertul Mojave. Era decembrie, una dintre cele mai friguroase luni ale anului pentru deșert pe timp de noapte, iar el își dorea să-și fi adus hanoracul. Era atât de întuneric, încât stelele păreau de un milion de ori mai strălucitoare. Ca niște ochi pe cer, cu o distanță de abia un deget între ele, sau cel puțin așa i se părea.

Îngerii în formare nu au răspuns. Au coborât câțiva metri, apoi au continuat să zboare înainte cu toată viteza.

"Grozav!", a spus el. "Anunță-mă când vom ateriza. Cu siguranță mi-aș dori să am un agent de turism care să-mi spună ce anume văd."

"Folosește-ți telefonul", au șoptit Lia și Alfred. Apoi au rămas tăcuți.

Au zburat mai departe, deasupra bazinului Badwater, cel mai jos punct din America de Nord. A fost numit așa, deoarece apa este rea - deci nepotabilă din cauza excesului de săruri. Dar unele animale sălbatice și plante pot înflori în zonă, cum ar fi murăturile, insectele și melcii.

Au intrat mai adânc în Valea Morții, în timp ce E-Z a admirat terenul și a încercat să nu se gândească la cât de însetat îi era.

"Am ajuns deja?", a întrebat din nou, în timp ce o pasăre neagră zbura deasupra capului său, lăsând să cadă o încărcătură de rahat înainte de a-și continua drumul. "Bine ați venit în Valea Morții", a spus el, ștergând-o cu dosul mânecii. S-a grăbit mai departe pentru a-i ajunge din urmă pe Hadz și Reiki.

Capitolul 24

DEATH VALLEY, USA

"GRĂBEȘTE-TE!" AU SPUS HADZ și Reiki. "Suntem aproape de Rhyolite."

A împins înainte, ajungându-i din urmă. "Și ce anume se află în Rhyolite?"

"Un mic istoric", a spus Hadz. "Dacă nu cumva ați auzit deja de el?".

E-Z a clătinat din cap. Învățase despre Marele Canion la școală, mai ales despre cum s-a format.

Hadz a continuat: "Rhyolite a fost cândva un oraș înfloritor în timpul Goanei după aur din 1904. Nu a durat mult însă, în 1924 a murit ultimul locuitor și s-a transformat într-un oraș fantomă."

"Ce înseamnă cuvântul Rhyolite?"

Reiki a răspuns: "Este o rocă vulcanică acidă - forma de lavă a granitului. A fost numită de un geolog pe nume Ferdinand von Richthofen în 1860. Originile sale sunt grecești, de la cuvântul rhyax, care înseamnă un flux de lavă."

"Deci, orașul a avut o mare goană după aur și l-au numit după o rocă vulcanică?" A ezitat. "Cred că îmi amintesc ceva din clasă despre acțiunea vulcanică."

"Așa este", a spus Hadz. "Datând de acum două milioane de ani."

"Deci, această lecție este interesantă și toate cele - dar tot nu știu de ce ne îndreptăm spre Rhyolite."

Reiki a răbufnit: "Pentru că este cartierul general al renegaților."

"Cei care se luptă pentru controlul prinderilor de suflete."

"Cine sunt ei mai exact și cum îi putem opri? Prin noi - mă refer la noi, Cei Trei. Pentru că Eriel și Raphael o rețin pe Rosalie și, apropo, timpul se scurge. Ne-au dat doar douăzeci și patru de ore să ne întoarcem la ei."

"Shhh", a spus Hadz. "Ei au un auz extraordinar, iar vântul ar putea să ne ducă vocile înapoi la ei în șoaptă. Din acest moment vom vorbi doar cu mintea."

E-Z a întrebat, folosindu-și mintea: "Ce se întâmplă dacă știu că suntem aici? Adică, nu vor putea să ne vadă?".

"Hadz și cu mine nu suntem oameni, așa că suntem în afara radarului lor. Voi, însă, nu sunteți, motiv pentru care v-am protejat."

"Grozav! Există un scut protector invizibil în jurul meu - este o informație utilă pentru mine să știu."

În depărtare putea vedea Munții Negri. "Pun pariu că atunci când soarele coace căldura în acei munți ai putea prăji un ou pe ei." A ezitat: "Cum rămâne cu pasărea aia care a făcut caca pe mine? Ar fi putut să o fi trimis răufăcătorii, să ne caute?"

Hadz și Reiki au clătinat din cap. "Noi am văzut pasărea. Era un corb - cunoscut ca fiind un purtător de mesaje din ceruri."

"Bine, destul de corect. Mie nu mi s-a părut că arată ca un corb. Spune-mi ce anume a deturnat prinzătorii de suflete și ce va trebui să facem pentru a-i învinge." A ezitat: "Și ce legătură are asta cu reîncarnarea, în tinerețe, a lui Charles Dickens." A ezitat din nou. "De asemenea, Lia va primi transport? Se va întoarce unicornul Micul Dorrit dacă/ când vom accepta să vă ajutăm?" A fost multă vorbărie. Îi era sete și își dorea să fi adus o sticlă de apă.

POP.

A apărut una. A băut-o înapoi după ce a spus "Mulțumesc", fără să spună nimănui.

Reiki a întrebat: "Ai auzit vreodată de Erinyes?".

E-Z a clătinat din cap.

"Cunoscute și sub numele de Furii", a spus Hadz.

"Habar n-am ce sunt nici una, nici alta... dar am o vagă amintire despre ceva dintr-un joc, poate?".

"Sunt cunoscute colectiv ca Zeițele Răzbunării".

"Spune-mi mai multe. Pe cine se răzbună ele?".

"De ce, de întreaga rasă umană!" Hadz a pufnit.

"Prietenii mei și cu mine am vorbit despre asta mai devreme. Cei mai mulți oameni nu știu despre Vânătorii de Suflete. Cei mai mulți cred că avem suflete. Suflete care merg fie în rai, fie în iad - în funcție de alegerile pe care le facem în viața noastră."

"Da, suntem conștienți de acest lucru", a spus Hadz.

"Atunci spuneți-mi", a cerut E-Z. "Unde este Dumnezeu în toate astea? Dumnezeu sau Iisus, Allah, Buddha... indiferent cum îl cunoașteți voi. Unde este el?"

Hadz și Reiki au privit în față fără să răspundă.

"Bine, înțeleg că nu puteți răspunde la această întrebare. Răspundeți-mi în schimb la aceasta. De ce îi pedepsesc zeițele pe oameni folosind ceva de care ei nici măcar nu sunt conștienți? Înțeleg că sunt malefice, dar sună totuși ridicol."

"Copiii", a spus Hadz.

"Ei îi pedepsesc pe cei nepedepsiți. Dar..."

"Ah, așteptam un dar... Continuă."

"Furii abuzează de puterile lor. Forțează limitele. Ele țintesc nevinovați. Copii nevinovați care joacă un joc."

"Stai, vrei să spui că copiii care joacă jocuri sunt pedepsiți pentru lucruri pe care le fac în cadrul jocului? Dar jocul nu este real! Cum pot fi pedepsiți în viața reală pentru ceva care nu este real?"

"Știu asta, și tu știi asta, dar, pentru The Furies este același lucru. Dacă într-un joc pentru a ucide pe cineva, treci prin același proces de gândire pe care l-ar face un criminal. Implică planificarea, cu intenția de a ucide și apoi să treci la fapte. În unele cazuri, sunt implicate crime în masă. Și da, este nevinovat și li se cere să facă acele lucruri pentru a ajunge mai departe în joc. Pentru The Furies, copiii sunt cei nepedepsiți și sunt un joc cinstit atunci când se află în cadrul jocului."

"Stați puțin!" a exclamat E-Z. "Ce anume vrei să spui aici? Cred că înțeleg esența, cum se potrivesc Captatorii de Suflete, dar ideea este atât de malefică... nici nu vreau să mă gândesc la ea, darămite să o spun."

"Furia se răzbună pe jucătorii de jocuri. Cei care au păcătuit în inimile lor", a spus Reiki. "Ei nu sunt meniți să moară! Prinzătorii lor de suflete nu sunt pregătiți să le accepte sufletele și astfel..."

"Ei nu au unde să se ducă", a spus Hadz.

"Iar Furiile le adună aici, creându-și propriul trib de Suflete. Ele stochează sufletele copiilor în Captatoare de Suflete furate."

"Acest lucru creează haos", a spus Hadz.

"Așa că voi, copii, trebuie să ajutați."

"Stați puțin!" a spus E-Z. "Așteptați un nenorocit de minut!"

Capitolul 25

PATRU OCHI

"**O**H, OH", A STRIGAT Hadz, în timp ce un nor întunecat se deplasa rapid pe cer și se îndrepta în direcția lor.

"Nu se poate ca ei să fi pătruns în scutul de protecție!" a exclamat Reiki.

E-Z a aruncat o privire peste umăr. Ceea ce a văzut a fost un ceva negru care nu era un nor. Căci avea forma unui șarpe. Cu o limbă bifurcată care lingea aerul. În loc de doi ochi, avea numeroși ochi. Prea numeroși pentru a fi numărați. Fiecare dintre ei avea sânge care curgea în jos. Sânge și puroi galben aburind.

Limba chestiei se mișca de la dreapta la stânga. Scoțând un sunet de biciuire, în timp ce fălcile i se deschideau și se închideau brusc. Și din gât un sunet noduroase, care alterna între un țipăt și un bâzâit.

Cu vântul în spate, o duhoare dintre cele mai urât mirositoare a umplut aerul și a ajuns curând la nările lui E-Z, Hadz și Reiki.

Mirosul era dintre cele mai urâte. Mai rău decât sulful. Sau de ouă stricate. Mai dezgustător decât lichidul septic și cadavrele în putrefacție la un loc.

Trioul s-a mutat mai sus, ca să poată vedea dincolo de o creastă pe care nu o observaseră până atunci. În spatele ei, se aflau containere argintii. Captatoare de suflete. Cât vedeai cu ochii.

"Atât de multe! Toate sunt pline de copii? Oh, nu!" a spus E-Z pe un ton nazal, deoarece încă își astupa nasul. Cu toate că încă mai putea simți mirosul urât mirositor.

PTOOEY.

S-au ferit de un jet de puroi galben și lipicios.

"Ce naiba e asta?" a exclamat E-Z.

Mai jos se putea vedea un glob ocular uriaș. Acesta fusese închis. Deghizat.

PTOOEY. PTOOEY. PTOOEY.

"Oh, nu!" a exclamat E-Z. "Muci de ochi!"

A tras spre ei, trăgând cu lichidul său fierbinte și lipicios.

"Țineți-vă bine!" au strigat Hadz și Reiki.

Fiecare a apucat una dintre urechile lui E-Z.

"Ahhhhhhh!", a strigat el.

PTOOEY.

E-Z s-a ferit de acel muc, dar aproape că s-a atins de scaunul lui cu rotile.

FIZZLE.

POP.

POP.

E-Z era din nou în patul lui. Perle de transpirație îi curgeau pe frunte.

Între timp, Alfred continua să sforăie la capătul patului.

"Asta a fost un pic prea aproape pentru confort!" a spus E-Z. "Au penetrat scutul de protecție? Oare ne-au văzut? Știu cine sunt eu, unde locuiesc?".

"Nu, am ieșit de acolo înainte ca ei să poată trece", a spus Reiki.

"Poate că este o întrebare prostească, dar de ce nu ne-ați POP înăuntru și ați ieșit de acolo de la început. În loc să vă faceți timp să zburați până acolo - și să ne puneți viețile în pericol?"

"Trebuia să vă arătăm."

"Înainte de bătălie... Cum îi spuneți voi..."

"Adică recunoaștere?" a întrebat E-Z.

"Da, așa este. A trebuit să vă arătăm. Trebuia să vedeți, cu ochii voștri. Totul. Cu ce vă confruntați", a spus Hadz.

"Ne-am gândit că ceea ce vei învăța, va merita riscul."

"Cred că timpul ne va spune", a spus E-Z.

"Ne pare rău, dacă am mers prea departe", a spus Hadz.

"Chiar am avut la inimă interesul tău cel mai bun."

"Știu că așa a fost. Și mă bucur că i-am văzut pe cei de la Soul Catchers. Câți erau - asta chiar m-a șocat."

"Da, ne-a șocat și pe noi. Și poți fi sigur că i-a șocat și pe arhangheli. Când i-au văzut prima dată."

"N-ar fi trebuit să spui asta", a spus Reiki.

POP.

Hadz a dispărut.

"Oh, acum, e în regulă", a spus E-Z.

"Nu contează."

"Tot nu-mi pot da seama ce obțin The Furies din asta? Care este scopul lor final? Și-a dat cineva seama deja?"

"Adaugă mai multe în fiecare zi. Mai mulți copii care se joacă, care sunt atrași în pânza lor."

"Dar de ce nu există proteste publice? Nu ar trebui să le spunem liderilor mondiali, președinților, prim-miniștrilor? Nu ar putea face nimic?"

"Gândiți-vă, care ar fi primul lucru pe care l-ar face? Ar trimite armata. Ar muri mai mulți oameni. Mai mulți Prinzători de Suflete necesari înainte de vreme.

"Jocurile de noroc, din câte am observat, sunt un fenomen mondial. Surorile malefice iau sufletele copiilor neștiutori."

"Dar majoritatea liderilor au propriii lor copii", a spus E-Z. "Cu siguranță, dacă ar ști, ar vrea să-și protejeze copiii și ar vrea să protejeze și alți copii."

"Mai degrabă, Furiile s-ar concentra asupra copiilor lor. Ar fi ca și cum ar atârna un băț în fața lor", a spus Reiki.

POP.

Hadz s-a întors.

"Le-ar plăcea dacă ar putea distruge copiii mari și puternici. În momentul de față, ceea ce par să facă este aleatoriu - ales în cadrul jocului", a spus Reiki.

"Spune-mi mai multe despre ceea ce știi despre ei". a întrebat E-Z.

Hadz a șoptit: "Numele lor sunt Allie, Meg și Tisi. Răzbunarea lui Allie este pentru furie, a lui Meg este pentru gelozie, iar Tisi este cunoscut ca răzbunătorul."

"Bine, deci, de ce miros atât de urât? Și cum pot fi înfrânte toate trei?". a întrebat E-Z, uitându-se la ceasul său. Tocmai se făcea ora 8. Trebuia să vorbească cu restul găștii, ca să o recupereze pe Rosalie. Cum avea de gând să le spună despre acest trio teribil și despre toți copiii din acei Prinzători de suflete?

"Legenda spune că au fost pedepsiți pentru că și-au făcut treaba, în trecut. Acum au găsit o portiță de scăpare cu Realitatea Virtuală, o nouă invenție umană." Hadz a ezitat. "De ce oamenii nu vor niciodată să-și trăiască viața în prezent? De ce trebuie să evadeze și să joace jocuri stupide care le pun viața în pericol?" Doritorul de înger era roșu la față și extrem de supărat."

Reiki a încercat să-și consoleze prietenul spunându-i: "Ei nu știu ce fac".

"Ignoranța nu este o scuză", a spus E-Z. "Trebuie să-i trimitem înapoi acolo unde erau înainte ca VR să fie inventată. Și avem nevoie ca ei să returneze sufletele copiilor pe care i-au luat sub pretexte false. Singurul lucru este, CUM ar trebui să-i convingem că fac ceva greșit? Că fură vieți și că pedepsesc oamenii pentru gânduri, nu pentru fapte?

"Acum că am avut o privire asupra Furiilor - știu că trebuie să vă ajutăm mai mult ca niciodată. Dar tot trebuie să-i conving și pe ceilalți. Chiar dacă sunt de acord, tot luptăm împotriva șanselor. Vreau să fiu pozitiv. Să spun că suntem la înălțimea sarcinii. Dar nu vom ști cu siguranță, până când nu va veni timpul să luptăm."

Și-a lovit perna și a ținut-o în poală. "Stai puțin, au murit? Vreau să spun, au scăpat The Furies de propriile lor Prinzătoare de Suflete? Și dacă au făcut-o, cum? Cine le-a ajutat să scape?"

Hadz s-a uitat la Reiki, iar Reiki s-a uitat și la Hadz.

POP.

POP.

Au dispărut.

"Grozav!" a spus E-Z. "Pur și simplu fantastic!"

Capitolul 26

BALAN

DEȘI A ÎNCERCAT să doarmă, E-Z nu a putut. Se tot gândea și își punea întrebări. Întrebări la care nu putea răspunde.

Așa că s-a dat jos din pat, a intrat pe computer și a făcut niște cercetări.

În scurt timp a dat de aur. Când a găsit un link Furiile și cele trei grații. Păreau să fie ca yin și yang unul altuia. Una bună și una rea. S-a întrebat dacă ar putea folosi această informație în avantajul lor. Dacă zeițele rele puteau fi aduse pe pământ, puteau fi chemate și zeițele bune înapoi?

În primul rând, înainte de a sugera ca arhanghelii să le aducă înapoi - cu condiția ca ei să o poată face. A vrut să știe exact ce anume ar putea aduce Grațiile la masă.

Da, erau zeițe. Fiicele lui Zeus, care era zeul cerului. Puterile lor erau îndreptate spre farmec, frumusețe și creativitate. A citit mai departe, dar nu a putut vedea cum ar putea fi de mare ajutor împotriva Furiilor.

Totuși, avea ceva timp la dispoziție, așa că a continuat să citească A citit un text acreditat de Nietzsche. Teoriile sale despre bine și rău erau încă discutate și dezbătute pe forumuri.

Apoi, o amintire i-a venit în minte. Se întâmpla din ce în ce mai rar, îi reveneau amintiri despre părinții săi. Spera că nu se vor opri niciodată.

Aceasta era o conversație cu tatăl său. Despre a treia lege a lui Newton. Luaseră o barcă și pescuiau.

"Este modul în care un pește se propulsează prin apă", i-a explicat tatăl său.

De atunci, învățase mai multe despre ea la școală. Se gândea că Newton și Nietzsche ar fi avut niște conversații destul de interesante. Dar viețile lor erau la mii de ani distanță.

Apoi și-a dat seama. El, Lia și Alfred erau opusul polar al Furiilor.

Arhanghelii știau deja asta? De aceea păreau atât de insistenți că doar el și echipa lui le puteau învinge pe Furii?

Întrebarea care îi tot trecea prin minte era totuși - puteau câștiga?

Era oare posibil să le oprească pe Furii?

Trebuia să vorbească despre asta cu ceilalți.

Și-a închis computerul și s-a întors pentru a prinde câteva somn înainte ca ceilalți să se trezească.

Toată lumea se aștepta ca el să aibă toate răspunsurile. El nu le avea, dar făcea tot ce putea. De când devenise lider, viața era așa.

Capitolul 27

CAMERA RO IE

E-Z SE AFLA ÎNTR-O cameră roșie. O cameră care mirosea a sânge. Mirosul puternic de fier îi durea nasul și l-a acoperit cu mâna, apoi a înaintat câțiva pași. Pașii lui au lăsat urme pe podeaua însângerată. Unde se afla? În iad? Măcar aici avea capacitatea de a fugi, dar încotro? Nu existau uși. Nici ferestre. Nici un fel de lumină și totuși, a putut vedea că totul era roșu. Și umed.

Și-a scos telefonul și a dat click pe aplicația lanternă. Folosind fasciculul lanternei, a urmărit pereții din jurul său. Toți erau la fel. Sângeroși și picurând. Și puturoși. A așteptat. Să chemi ajutoare nu părea un lucru deștept de făcut. Ar fi fost mai bine dacă ceea ce l-a adus în acest loc nu ar fi venit să-l întâlnească. Preferă să nu-i întâlnească. Raza lanternei s-a stins și telefonul lui s-a descărcat. De teamă să se miște, a rămas nemișcat și a ascultat.

O târâre, ceva. Se târa, de-a lungul podelei. Una coborând pe peretele din dreapta și alta în stânga. Trei. Șerpi.

Apoi, aerul din cameră s-a schimbat, și un miros familiar. Putrefacție. De ouă. Sulfuriu. Carcasa putrezită.

Și-a acoperit nasul. Ca și înainte, nu a mascat mirosul revoltător.

A așteptat.

Deci, îl voiau singur. L-au prins. Se va asigura că vor regreta dacă va fi ultimul lucru pe care îl va face.

"Te-am putea mânca la micul dejun", a țipat Tisi.

"Sau la prânz", a spus Alli. "Până la urmă, mi-e cam foame".

"Sau la ceaiul de după-amiază, că nu prea are cine știe ce. Nu și pentru ca noi trei să împărțim", a spus Meg.

E-Z și-a concentrat fiecare fibră a ființei sale pe aripi. Erau singura lui speranță de scăpare și erau inutile.

"Priviți!" a țipat Meg. "Încearcă să-și folosească aripioarele micuțe."

Tisi și Alli s-au ridicat. Meg li s-a alăturat în timp ce pluteau chiar dincolo de raza lui de acțiune.

Sub picioarele lui, podeaua tremura și răsuna. Ca și cum ar fi fost pe cale să se deschidă și să-l înghită. S-a dat înapoi, pentru a se sprijini de perete. Dar când l-a atins, cămașa lui era udă. Și când a pus mâna pe ea, s-a întors acoperită de sânge.

"Nu mi-e frică, de voi trei, javrelor!", a strigat el.

"Poate că nu ți-e frică de noi - încă -" a țipat Meg.

"Dar veți fi foarte curând", a șuierat Tisi.

"Deocamdată, poți să te ocupi de acestea trei", a șoptit Meg, respirația ei urât mirositoare aproape că l-a făcut să vomite.

Cei trei șerpi, folosindu-se de avantajul înălțimii, au sărit spre el. Limbile lor bifurcate șuierau și scuipau. Apoi au început să se înfășoare unul în jurul celuilalt. Să se unească, să se împletească. Până când au devenit un șarpe uriaș, cu trei capete și trei biciuri. Bici care se îndreptau spre E-Z pentru a-l ține pe loc.

El s-a împins mai mult înapoi. Auzind sângele stropșit în spatele lui, îi dădea cumva alinare. Trupul i s-a relaxat în timp ce spatele i s-a afundat în colțul de lângă peretele picurat de sânge.

"Uită-te la el", a spus Tisi. "Este doar un băiat și nu a făcut rău nimănui. De fapt, este atât de cuminte, încât este păcat că trebuie să-l distrugem."

"Da, inima lui este curată", a spus Meg. "Dar are o pată neagră pe inimă. O pată de răzbunare pe care ar vrea să o ia împotriva celor care au fost responsabili de moartea părinților săi."

"Nu vorbiți despre părinții mei!" a strigat E-Z, împingându-se și mai mult în peretele însângerat. Îi era frică. Se temea că ceea ce spuneau ei era adevărat. Și-a închis ochii. Dacă nu-i putea vedea, atunci poate că ar fi dispărut. Apoi, ceva în spatele lui a cedat. Și a căzut în cădere liberă, înapoi. S-a rostogolit. A căzut.

THUMP

A aterizat în scaunul cu rotile și au zburat.

În Camera Roșie, Furiile erau furioase!

"Mergeți după el!" a strigat Tisi.

"Prindeți-l!" a strigat Meg.

"E prea târziu!" a spus Alli. "E ca și cum ar fi dispărut!"

"Să ne întoarcem în Valea Morții", a spus Meg. Au plecat, lăsând Camera Roșie goală. Dar duhoarea lor încă mai persista.

THUMP.

"Sângerezi", a spus Sam. "Să-l ducem în baie. Putem vedea cât de grav este rănit." Sam a împins scaunul cu rotile spre ușă.

"Nu, oprește-te!" a spus E-Z. "Eu sunt bine. Sângele nu este al meu. Dar trebuie să mă spăl. Să mă spăl de duhoare. Apoi voi explica ce s-a întâmplat. Promit."

"Atâta timp cât ești sigură că ești bine", a spus Sam.

După ce a plecat, Sam, Lia și Alfred nu s-au mai gândit la nimic să își spună unul altuia. Au așteptat în tăcere, ca el să se întoarcă.

În baie, E-Z și-a poziționat scaunul cu rotile pe rampă. Când au reconstruit casa, unchiul Sam a inventat un duș nou pentru el. Acesta i-a oferit mai multă independență. Și a fost distractiv! Asemănător unei spălări de mașini.

Se întindea în sus și își trecea brațele și gâtul prin curele. A apăsat un buton ca să se miște înainte, iar scaunul îl urma. Imediat, apa a început să curgă. Curățându-i simultan corpul și hainele. Din când în când, gelul de duș sau șamponul țâșnea, urmat de apă pentru a-l spăla.

Acum că era curat, a continuat să înainteze și a declanșat mecanismul de uscare. Acesta l-a uscat pe el și hainele sale și le-a făcut să nu mai aibă riduri în câteva minute.

Când a ajuns la capăt, s-a deconectat de la curele și s-a lăsat în jos pe scaun. S-a verificat în oglindă. Părul îi arăta deja atât de bine încât nici măcar nu mai trebuia să se pieptene. S-a întors în camera lui. Când și-a văzut prietenii, stomacul i-a tresărit și a vomitat.

"Îmi pare rău", a spus el. "Atât de rău."

Lia și Alfred și-au aruncat brațele în jurul lui. Nu și-au făcut griji în privința vomei. Prietenii devotați nu-și fac griji pentru astfel de lucruri.

Sam s-a dus să aducă un castron și niște apă, ca să-și curețe nepotul.

E-Z a fost recunoscător pentru ajutor și asta i-a dat timp să se gândească la ce avea de gând să spună și cum avea de gând să o spună.

"Mulțumesc, unchiule Sam. Uh, ce trebuie să-ți spun. Nu este frumos".

"Continuă", a spus Alfred.

"Suntem aici pentru tine", a spus Lia.

"Ia loc, unchiule Sam."

S-au enumerat la toate fără să spună un cuvânt.

"Mă bag și eu", a spus Alfred.

"Și eu", a spus Lia.

"Eu trei", a spus Sam.

"De acord", a spus E-Z. Și o secundă mai târziu, era pe drumul de întoarcere în camera albă. Sau cel puțin acolo spera să se ducă.

Orice loc era mai bun decât camera roșie. Oriunde.

Capitolul 28

CAMERA ALB

Camera albă părea cumva diferită când picioarele lui atingeau pământul.

E-Z s-a simțit atât de fericit, să se întoarcă în confortul camerei albe. Unde se putea plimba. Să atingă cărțile. Să miroasă cărțile. Dar ceva se simțea ciudat. Nu.

S-a liniștit. A observat că-i tremurau mâinile. Îi tremurau genunchii. Acum îi clănțăneau dinții.

Și-a înfășurat brațele în jurul lui, dorindu-și să își fi adus geaca. A așteptat, așteptând să sosească una. Dar nu a venit.

"Ce este acest loc?", a întrebat el.

Nu a primit niciun răspuns.

"Cheeseburger, cu cartofi prăjiți", a spus el.

Nimic.

"Chop suey, cu rulou cu ou", a spus el, cu mai multă autoritate.

"Cer să știu unde mă aflu!", a strigat.

Nimic.

Nadda.

"Rosalie?", a strigat el. "Ești acolo? Eriel? Raphael? Cineva? Hadz? Reiki?"

Din nou, nimic.

Nici măcar un PFFT politicos care să-l facă să se relaxeze.

Familiaritatea cărților erau singurele ancore care îl țineau în acest loc. S-a îndreptat spre scară, a mutat-o sub Ds. Așteptându-se să îl găsească pe Charles Dickens, a început să urce. În schimb, a descoperit că fiecare carte pe care o atingea avea legătură cu lumea jocurilor de noroc.

Ce naiba?

Și niciuna dintre cărți nu avea aripi. Toate erau noi. De parcă nimeni nu le deschisese înainte.

Era cât pe ce să cadă de pe scară când o voce a spus,

"E-Z Dickens - aceasta nu este camera albă pe care o cunoști. Este o replică. Ai fost trimis aici pentru cercetări. Fiecare carte de care ai nevoie este la îndemâna ta. Fiecare carte trebuie să fie citită și analizată în întregime."

"Nu pot să citesc toate aceste cărți rapid; mi-ar lua ani de zile să parcurg toate aceste cărți!"

"De aceea, ți se va da o putere suplimentară. O putere care se va materializa doar între pereții acestei camere. Citește acum. Repede. Cu furie. Memorați totul."

Când vocea aceea s-a terminat, a început alta,

"Zece, nouă, opt, șapte, șase, cinci, patru, trei, doi, unu. Acum, citește E-Z Dickens. Treci la treabă."

E-Z a parcurs în viteză fiecare carte.

Când termina una, imediat îi cădea alta în mână. Apoi alta, și încă una, și încă una.

Le-a citit pe toate, până când nu a mai putut citi.

Spera că nu-i va exploda capul!

Apoi a căzut la perete, s-a pus cu spatele la un colț și a plâns în timp ce în minte i se formula un plan.

Ideea i-a venit când s-a gândit la PJ și Arden. De ce Furiile îi băgaseră în comă, în loc să le pună în capcană de suflete? Erau în joc - se jucau tot timpul, de ce să nu-i ucidă?

Planul a fost următorul: El și echipa lui urmau să inventeze propriul lor joc multiplayer. Sam ar cunoaște oameni care ar putea ajuta în industrie. Când Furiile s-ar fi năpustit să le revendice sufletele - i-ar fi doborât.

Și-ar fi dorit ca Arden și PJ să fie acolo să se joace cu el - pentru că i-ar fi asigurat spatele. Era în regulă, el le asigura spatele. Avea de gând să-i salveze și să-i elibereze.

Se plimba înainte și înapoi, gândindu-se la toate. Un aspect nu ar fi funcționat. Dacă îl angaja într-un joc și refuza să ucidă - ei ar fi fost pe urmele lui. Și i-ar putea pune și pe alții în pericol.

Nu e ca și cum le-ar putea spune tuturor jucătorilor de jocuri din lume să nu mai joace. Dacă le-ar fi spus adevărul, despre cele trei zeițe care încearcă să le fure sufletele, l-ar fi închis.

Totuși, era singura idee. Singura cale clară pe care o vedea pentru a le învinge pe Furiile în propriul lor joc.

Resemnat că nu se putea gândi la ceva mai bun, a spus: "Scoateți-mă de acolo."

Și uite așa, era singur în adevărata cameră albă cu Rosalie și Raphael. S-a întrebat unde era Eriel, nu că i-ar fi lipsit.

"Bine, am o idee. Un fel de plan", a spus el. "Dar nu sunt sigur că va funcționa. Am nevoie de răspunsuri la două întrebări. Și am o cerere pentru o a treia - cererea nu este negociabilă."

"Întreabă", a spus Raphael.

"Numărul unu, voi putea să-mi salvez cei mai buni prieteni PJ și Arden dacă ne vom confrunta cu Furiile?".

Raphael a ezitat înainte de a vorbi. "Dacă reușești, nu există niciun motiv pentru care prietenii tăi să nu fie salvați."

"Îți jur pe inima ta?", a spus el.

Ea a făcut-o.

"Așa cum am bănuit, starea lor se datorează Furiei. Este adevărat?"

"Da, credem că este adevărat. Prietenii tăi sunt norocoși într-un fel, pentru că sufletele lor au rămas intacte. Ceea ce nu ne putem da seama este de ce, asta dacă au fost ținta Furiei. În toate celelalte cazuri pe care le cunoaștem, acestea au luat sufletele copiilor. Nu cunoaștem alții ca prietenii voștri care să fi rămas în viață în stare comatoasă."

"Am o idee și despre asta, dar ceea ce vreau să știu este că, dacă Furia este înfrântă, ce se va întâmpla cu PJ și Arden? Ce se va întâmpla cu toți copiii ale căror suflete se află deja în captatoare de suflete? Ei nu trebuiau să moară. Și ce se va întâmpla cu sufletele celor fără adăpost?".

"Chiar acum, The Furies se folosesc de puterea internetului. Aceasta le dă acces la inimile și la casele fiecărei persoane de pe planetă. E ca și cum toți v-ați lăsat ușile și ferestrele deschise - așa că oricine poate intra. Este adevărat că sunt doar trei Furii - dar puterile lor sunt mari. Ele sunt creaturi mitice, zeițe ale căror origini se întorc la Zeus. Ați auzit de Zeus, nu-i așa?".

"Am citit că era zeul cerului și tatăl celor Trei Grații. Ar putea să ne ajute, dacă le-ai aduce înapoi?".

"Zeus nu este implicat în asta. Și nici fiicele lui nu sunt. Noi, arhanghelii, nu ne jucăm cu timpul. Și întotdeauna am crezut că prinzătorii de suflete sunt sacri. De neatins. Până acum."

"Grozav, deci credeți că prietenii mei au fost ținta Furiei, dar nu sunteți siguri. Nu mai mult decât sunt eu, nu?"

"Corect. Asta pentru că nu pot spune sută la sută da sau nu. Dacă prietenii tăi se jucau. Adică să ucidă în cadrul jocurilor... Atunci ar îndeplini criteriile Furiei.

"Dar dacă le voiau moarte - ar fi fost deja moarte. Dacă nu cumva...nu, asta nu ar avea sens. Ar însemna că știu despre tine și echipa ta. Nu au cum să știe. Am ținut totul sub tăcere. Dacă ar fi știut, atunci i-ar fi ținut pe prietenii tăi în viață, în caz că ar fi avut nevoie de o pârghie."

"Vrei să spui ca monedă de schimb?"

"Posibil, dar sincer să fiu, nu știu. După cum am spus, am ținut totul despre tine și echipa ta sub tăcere. Noi, inclusiv eu și ceilalți Arhangheli, am face orice pentru a te proteja.

"Furiilor li s-au acordat puteri de-a lungul secolelor. Dar niciodată nu au vizat copii nevinovați. Niciodată nu și-au sucit agenda pentru a se potrivi scopurilor lor."

"Care sunt scopurile lor?" a întrebat E-Z.

"Asta nu știm."

E-Z a spus: "De aceea trebuie să avem cea mai bună șansă, să câștigăm împotriva lor."

"Exact, dar în fiecare zi fură mai multe suflete de copii și accelerează procesul."

"Accelerează, cu cât de mult?" a întrebat E-Z.

"Cu mii, credem noi, dar în curând vor fi milioane. În curând va fi prea târziu pentru a-i opri."

"Bine, înțeleg ce este în pericol aici, dar suntem doar niște copii și nu vrem să intrăm orbește. Suntem muritori și ei la fel. Trebuie să ne gândim, să luăm în considerare toate opțiunile înainte de a ne risca viețile."

"Înțelegem și, așa cum am spus, vă vom acoperi."

"Acum trecem la următoarea întrebare, vreau să știu ce ar trebui să fac cu un Charles Dickens de zece ani?".

"Oh, asta", a spus Raphael. "În primul rând, noi nu avem nimic de-a face cu reîncarnarea lui. Avem o teorie, în afară de cea pe care ți-am spus-o, și anume că tu l-ai invocat. Ne întrebăm dacă întoarcerea lui, a fost o greșeală din partea lor. Poate că universul s-a deschis și l-a trimis să vă ajute, ca un echilibru. La urma urmei, este o rudă de sânge. Și este un povestitor și un maestru al intrigii. Poate că are instrumente și intuiții pe care încă nu le cunoașteți, pentru a vă ajuta să le învingeți pe Furii."

E-Z și-a ales cu grijă cuvintele. "Dar este un copil. Nu a scris încă nimic. Va fi o distragere a atenției și este dintr-o altă epocă și ne-ar putea pune pe noi și misiunea noastră în pericol."

"Depinde", a spus Raphael. "El ar putea fi o armă secretă. El este aici, pentru tine. Dacă tu crezi în el. Că s-a născut pentru a fi scriitor. Atunci, la zece ani va avea deja toate abilitățile necesare. Folosește-l în avantajul tău, dacă alegi să faci asta."

E-Z și-a încleștat pumnii. "Vrei să spui că ar trebui să-l folosim pe vărul meu ca momeală?".

Raphael a râs și a zbughit-o, provocând o briză inutilă.

"Ar fi de ajutor dacă nu ai mai flutura atât de mult", a spus Rosalie. "Sunt acoperită cu pulovere, dar tot nu reușesc să mă încălzesc aici. Apropo, aș vrea să merg acasă acum. E-Z și ceilalți au fost de acord, așa că mi-am făcut partea mea. Acum, la revedere, la revedere. Lăsați-mă să plec acasă."

BINGO.

Rosalie a dispărut și a aterizat înapoi în camera ei. A conversat cu Lia în mintea ei, spunându-i că s-a întors nevătămată și că acum se duce să tragă un pui de somn.

E-Z s-a gândit la o altă cerință nenegociabilă.

"Îi vreau pe Hadz și pe Reiki cu mine, în echipa noastră."

Raphael a zâmbit. "Hadz și Reiki sunt legați de Eriel de către liderul nostru Michael."

"Lasă-mă să vorbesc cu el atunci. Cei doi ne-au ajutat. Ei vin atunci când îi chem. Dacă vrem să luptăm împotriva răului antic, avem nevoie de cei doi de partea noastră pentru a ne ajuta."

"Michael nu poate vorbi cu tine. Cu toate acestea, voi prezenta cererea ta. Dacă el va considera necesar, mă va anunța și eu, la rândul meu, vă voi anunța. Mai doriți altceva?"

"Da. Trebuie să știu cum să scap de Furii. Suntem meniți să le ucidem? Să le trimitem înapoi de unde au venit? Ce anume ne ceri să facem cu aceste zeițe?".

"Să le legăm, să le ținem - și noi vom face restul. Dacă planul tău funcționează, atunci ar trebui să putem prelua controlul Captatoarelor de Suflete. Vom reseta totul la cum era înainte."

"Cum rămâne cu cei care au murit, prematur?"

"Toți vor fi egalizați... odată ce inamicii vor fi neutralizați."

"Înainte de a mă trimite înapoi", a spus E-Z, "am nevoie de ceva, o asigurare că nu ne veți mai încurca din nou. Faptul că ne-ai dat Hadz și Reiki trebuia să fie acea asigurare, dar din moment ce nu-mi poți da asta, atunci am nevoie de altceva. Ceva ce pot duce înapoi la ceilalți și să le spun că asta este dovada că nu ne vor trăda, așa cum au făcut-o în trecut."

"Cum ar fi?"

"Ochelarii tăi ar trebui să fie de ajuns", a spus el.

Raphael a căzut în genunchi, aripile ei au încetat să mai bată și s-a retras. "Nu asta, orice altceva în afară de asta", a strigat ea. "Fără ochelarii mei nu-ți sunt de ajutor și nu sunt de ajutor nimănui."

"Arhanghelii au ținut-o pe Rosalie aici împotriva voinței ei. S-au folosit de ea pentru a ajunge la mine. V-ați răzgândit în legătură cu promisiunile făcute, mi-ați anulat procesele..."

Și-a atins marginea ochelarilor, apoi i-a scos. În mâinile ei, ochelarii s-au transformat într-un șarpe, un șarpe roșu care s-a târât pe brațul lui E-Z și s-a strecurat în sus, în sus, în sus.

"Ce naiba!" a strigat E-Z, în timp ce șarpele continua să urce pe gâtul lui. Peste marginea bărbiei sale. S-a strecurat peste buzele lui bine închise. Sus și peste nasul lui. Apoi s-a înjumătățit și și-a înfășurat un capăt în jurul fiecăreia dintre urechi. Apoi s-a întors la starea inițială pulsând ochelarii.

"Ochelarii mei sunt ai tăi acum, orice ai face - nu le lăsa pe Furiile să ți-i ia. Dacă se întâmplă asta, atunci am fi cu toții distruși."

"Așteaptă!", a spus vocea de pe perete. "Ce se întâmplă dacă dai greș? La urma urmei sunteți doar niște copii".

"Nu pot promite succesul - dar vom da tot ce avem. Dar ar fi bine de știut, dacă vom avea nevoie de ajutorul vostru, că vă veți folosi puterile pentru a ne ajuta."

"S-a făcut", a bubuit vocea.

E-Z era din nou în scaunul cu rotile din camera lui, cu ochelarii roșii pulsând pe față.

"Trebuie să încetezi să mai faci asta", a spus unchiul Sam, care îi făcea patul nepotului său. "Înainte să uit, Sam și cu mine i-am vizitat pe PJ și Arden astăzi, în timp ce făceam un control la spital. Ne-am întâlnit cu tatăl lui PJ; ne-a pus la curent cu noutățile. Acum împart o cameră de spital, dar starea niciunuia dintre ei nu s-a schimbat."

"Mulțumesc, aveam de gând să-i sun. În regulă, toată lumea, adunați-vă."

Capitolul 29

CE URMEAZ   ?

"Vrei să rămân?" Sam a făcut o pauză. "Pentru că soția mea mă așteaptă să îi masez picioarele. Copilul trebuie să vină pe lume în orice zi, așa că a o lăsa să aștepte nu este o opțiune."

"Uh, du-te și ocupă-te de ea", a spus E-Z. "Te pun la curent cu detaliile mai târziu".

Lia i-a dat o îmbrățișare lui Sam.

"Mulțumesc", a spus Sam în timp ce a închis ușa în urma lui.

Soneria de la ușa din față a sunat.

"Am găsit-o!" a strigat Sam, în timp ce alerga spre ușa din față.

"Are multe pe cap", a spus E-Z.

"Va fi mai ușor, când va veni copilul", a spus Lia.

"Va fi mai haotic", a spus Alfred. "Dar să nu ne facem griji pentru asta acum".

"Deci, care sunt noutățile?" a întrebat Lia.

"Începeți cu cele pozitive, dacă există. Sper din tot sufletul să fie câteva", a spus Alfred.

"Vestea bună este că am o idee. Vestea tristă este că nu am nicio idee dacă va funcționa împotriva dușmanilor noștri. Ei sunt cunoscuți sub numele de Furii. Ați auzit vreunul dintre voi de ele? Știam numele din mitologie și sunt prezentate în unele jocuri."

Lia a clătinat din cap că nu.

Alfred a spus: "Eu am auzit de ele, dar a fost cu mult timp în urmă. Cred că am citit despre ei în liceu, pe vremuri. Îmi amintesc că erau răi - trei dintre ei, poate? Și nu sunt zeițe? Am o imagine cu Medusa în minte. Au fost înrudite?"

"Sunt mai rele. Mult mai rele, pentru că sunt trei", a spus E-Z. "Când am vomitat, ei bine, asta a fost imediat după a doua mea întâlnire cu ele. La prima întâlnire, a fost într-o excursie cu Hadz și Reiki. Ceea ce ei au numit o mică recunoaștere. Și nu vă faceți griji, eram camuflați, dar am învățat multe. Și-au stabilit cartierul general în Death Valley.

"Așa cum bănuiam, țintesc copii. În lumea jocurilor de noroc. Lia, ai întrebat care este scopul lor... Este de a împinge copiii la limită. Copii de vârsta noastră, și chiar mai tineri.

"Odată ce îi prind, le fură sufletele. Și le pun în "Soul Catchers" destinate altor oameni. Așa că, atunci când mor, sufletele lor nu au unde să se ducă."

"Asta e atât de rău!" a spus Lia.

"Așadar, când adevărații proprietari ai prinzătorilor de suflete mor, ce se întâmplă cu sufletele lor? Adică, dacă sufletele lor nu au unde să se ducă - nici casă, nici rai - atunci ce se întâmplă cu ele?" a întrebat Alfred.

"Asta e chestia. Nu au un loc de odihnă veșnică - așa că, atunci când mor, pur și simplu plutesc. Aceasta este versiunea condensată, oricum. Și trebuie să oprim Furiile și trebuie să le oprim cât mai repede."

"Cum le iau sufletele copiilor? Nu înțeleg", a întrebat Lia.

"Nici eu", a spus Alfred. "Copiii, mai ales cei care se joacă sunt foarte pricepuți la calculatoare. Cum se pun în pericol? Cum reușesc Furia să aibă acces la ei în propriile case, chiar sub nasul părinților lor?" S-a gândit o clipă: "Sunt ei responsabili pentru faptul că PJ și Arden sunt în comă?".

"Bine, prima întrebare a Liei. Furia îi pedepsește pe cei care sunt nepedepsiți - acesta a fost scopul lor istoric. Principala lor armă a fost întotdeauna remușcarea. Ele îi fac pe oameni să se simtă vinovați. Să regrete că au greșit. Și când fac asta, preiau controlul. Îi înnebunesc, îi fac să se autodistrugă.

"Ți-am povestit despre puștiul care a venit la mine acasă și a încercat să mă împuște? A spus că cineva din joc i-a spus că îi va ucide familia dacă nu mă ucide. L-au făcut să se ducă după mine, din cauza unor acțiuni pe care le făcea în cadrul jocului. Mi-a trebuit un indiciu de la Eriel ca să fac legătura. Mi s-a părut ciudat la momentul respectiv, dar nu m-am prins imediat.

"Așa fac ei. Un puști joacă un joc și, pentru a avansa în joc, trebuie să ucidă pe cineva, sau chiar să comită o crimă în masă, sau, ei bine, ați prins ideea. În lumea reală, aceste lucruri sunt păcate și sunt împotriva legii, în cadrul jocului ele fac parte din joc. În cazul majorității jocurilor, este singurul scop."

"Stai puțin", a spus Alfred. "Vrei să-mi spui că pedepsesc copiii din joc ca și cum ar fi comis o crimă în viața reală?".

"Așa este", a spus E-Z. "Este exact ceea ce fac ei. Cum se folosesc de industria jocurilor pentru a justifica - nu, nu cred că acesta este cuvântul potrivit. Vreau să spun pentru a scuza acțiunile lor de a lua sufletele copiilor."

Lia și-a închis mâinile și le-a transformat în pumni. Apoi le-a folosit pentru a-și acoperi urechile ca și cum nu ar fi vrut să mai audă. "Ai perfectă dreptate E-Z. Nu avem de ales - trebuie neapărat să le punem capăt acestor vrăjitoare. Cu cât mai repede, cu atât mai bine".

"Știu", a spus E-Z, "dar nu va fi ușor. Ele sunt zeițe, cunoscute și sub numele de Fiicele Întunericului și Erinyes. Scopul lor numărul unu este să-i pedepsească pe cei răi, iar în cadrul unui joc - toată lumea este rea. Este singura modalitate de a avansa în joc."

"Ai spus că ai un plan, care este acesta?" a întrebat Alfred.

"În primul rând să răspund la întrebarea ta despre PJ și Arden. Presimțirea mea este că răspunsul este da. Dar am întrebat-o pe Raphael dacă poate confirma. Ea a spus că nu poate spune sută la sută dacă e vorba de un fel sau altul. Din moment ce The Furies nu au plecat niciodată - după știința lor - de la furtul unui suflet. Ca să nu mai vorbim de două suflete.

"Oh, încă un lucru pe care trebuie să ți-l spun este că, în Valea Morții, există mii de Captatori de Suflete. Poate mai mult de mii și într-un număr care crește în fiecare zi. Sunt cât vezi cu ochii." S-a oprit, de parcă avea inima în gât și și-a șters o lacrimă.

"A fost dificil să fiu martor la asta. Ceea ce fac ei este atât de premeditat, deliberat. Ceea ce nu pot să înțeleg, însă, este ce au de câștigat. Adică, Hadz și Reiki au avut dreptate să mă ducă acolo ca să văd asta. Dacă mi-ar fi spus, fără să-mi arate... nu m-ar fi lovit atât de tare. Oh, și Raphael spune că își măresc zilnic consumul. Deci, nu avem prea mult timp să stăm și să ne gândim. Avem nevoie de un plan și trebuie să acționăm."

"Sunt muritori?" a întrebat Alfred.

"Da, suntem la nivel cu asta", a spus E-Z. "Deci, planul la care m-am gândit a fost să facem un joc al nostru. Unchiul Sam ne-ar putea ajuta. Când mă voi juca pentru a etala omoruri, atunci Furia va veni să mă ia. Când o vor face, îi vom prinde în capcană și îi vom ucide în joc.

"M-am gândit că puterile lor s-ar putea diminua în joc. Dar apoi m-am gândit - dacă și ale mele o fac."

"Nu am ști, până nu ar fi prea târziu", a spus Alfred.

"Așa este. Cu cât mă gândeam mai mult la asta, cu atât ideea părea mai puțin eficientă. Ca să nu mai vorbim de faptul că, dacă îi au pe PJ și pe Arden, blocați în limbo, până când controlul lor... Ei bine, ar putea să le ia sufletele. Iar noi i-am pierde."

"Vrei să spui că ar putea fi o capcană?" a întrebat Lia.

"Exact."

"Ne-ai dat multe de gândit", a spus Alfred. "Cred că ar trebui să dormim, să ne gândim și să discutăm din nou mâine."

"Nu sunt sigură că voi putea dormi", a spus Lia, "dar sunt de acord, hai să luăm o pauză. Am nevoie de timp să mă gândesc la cât de mult pericol ne vom pune. Trebuie să ne asigurăm că ne asigurăm spatele unul altuia."

"Sigur că da", a spus E-Z. "Între timp, voi vedea dacă pot găsi un plan B."

Lia a ieșit din cameră și a închis ușa în urma ei.

"Mă întreb cine a fost la ușa din față?" a întrebat E-Z.

"Îl putem întreba pe Sam dimineață, probabil că este încă ocupat să se ocupe de picioarele soției sale."

Au râs. "Pare un plan", a spus E-Z. "Noapte bună, Alfred."

"Noapte bună, E-Z."

Capitolul 30

OOH BABY BABY

"**V**INE COPILUL!" A STRIGAT Sam câteva ore mai târziu.

În timp ce cobora pe hol, o ținea pe Samantha într-o mână. Pe umărul lui era agățată o geantă de noapte. A apucat cheile de la mașină.

"Nu conduci tu, iubire", a spus Samantha, punând cheile înapoi pe tejghea.

E-Z a ieșit în hol. "Vrei să venim cu tine?"

"Sunt bine", a spus Samantha. "Lia încă doarme adânc."

"O trezesc eu și ne întâlnim la spital, bine?".

Lia a aruncat o privire peste umăr: "Am chemat deja un taxi. Nu conduce el".

Sam a zâmbit: "Ea este șefa".

"Ne vedem în curând", a spus E-Z. "Apropo, cine a fost la ușă aseară?".

"A fost Rosalie. Era epuizată, așa că am pus-o în camera de oaspeți."

"Bine, mulțumesc", a spus E-Z.

În timp ce se rostogolea pe coridor spre camera Liei, întrebându-se ce căuta Rosalie acolo, a bătut la ușă.

"Sunt eu, Lia", a spus el. "Mama ta și unchiul Sam se duc la spital. Vine copilul!"

S-a auzit mai întâi o izbitură, apoi Lia a deschis ușa. Lampa de pe noptiera ei era pe podea, lângă pat. "Voi fi gata într-o secundă", a spus ea. A închis ușa.

S-a deplasat împreună cu ea în camera de oaspeți. S-a uitat înăuntru și Sam avea dreptate, Rosalie dormea adânc. S-a întors în camera lui, s-a îmbrăcat și a încercat să nu-l trezească pe Alfred. Lebedele nu aveau voie în spital, așa că a-l trezi ar fi fost rău - s-ar fi simțit exclus. A scris un bilet în care spunea că Rosalie dormea în camera de oaspeți și să aibă grijă de ea până se întorc. Spune-i să se simtă ca acasă, a scris el. A lăsat biletul pentru ca Alfred să nu-l rateze când se va trezi.

E-Z a închis ușa în urma lui și a încuiat-o, apoi el și Lia s-au urcat în taxiul care îi aștepta și s-au îndreptat spre spital.

Au urmărit semnele și au găsit în curând secția pentru copii. Sam era acolo, plimbându-se în sus și în jos, așa cum fac tații în așteptare la televizor.

"Cum reziști?" a întrebat E-Z.

"Ce face mama mea?" a întrebat Lia.

"Vă mulțumesc amândurora că ați venit", a spus Sam. Mâna i-a tremurat când a încercat să ia un pahar de apă dintr-o sticlă. "Samantha se simte foarte, foarte bine. Adică, a mai trecut prin asta cu tine, Lia, așa că știe la ce să se aștepte și eu sunt. Ei bine, nu știu dacă mă pot descurca. Cursul pe care l-am urmat, pentru a ne ajuta să fim pregătiți pentru ziua de azi, a fost bun - dar realitatea este cu totul alta. Urăsc spitalele".

"Toată lumea urăște spitalele", a spus E-Z. "Dar când intră pe ușile alea batante. Și spun că e nevoie de tine... Atunci trebuie să te aduni și să te duci acolo și să-ți ajuți soția. Amintește-ți că sunteți o echipă, că sunteți împreună în asta. Puteți face asta!" Și-a bătut unchiul pe spate.

"Știu."

Lia și-a pus capul pe umărul lui Sam. "Vei fi grozav."

A sosit o asistentă. "Soția ta are nevoie de tine. Nu va mai dura mult. Te voi duce să te speli și apoi vei putea fi cu soția ta când o vom duce jos."

Sam a dat din cap și a plecat.

Ultima privire de pe fața lui i-a amintit lui E-Z de cineva care stătea în fața unui pluton de execuție.

"Va fi bine", a spus Lia, mângâind mâna lui E-Z.

Câteva ore mai târziu, Sam s-a întors la ei cu un zâmbet larg pe față. "Mai am o fiică", a spus el, "și un fiu!".

"Doi copii?" au spus Lia și E-Z la unison.

"Da, doi. Am văzut doar unul la scanare".

"Ce mai face mama mea?"

"Este minunată! Uimitoare!"

"Putem s-o vedem? Și pe copii?"

"Lasă-le câteva minute, să pregătească lucrurile. Apoi îi poți cunoaște pe fratele și sora ta Lia, iar E-Z îți poți cunoaște verișorii."

"Știi deja cum o să-i numești?". a întrebat E-Z.

"Da, dar o să vă spunem împreună".

"Destul de corect", a spus E-Z.

"Doi copii, în casa aceea - cu toți ceilalți", a spus Lia.

"Și eu mă gândeam la același lucru. Avem deja casa plină... dar ne vom descurca. Întotdeauna reușim".

Au stat împreună și au așteptat.

EPILOGUL

Săptămâni mai târziu, era 17 ianuarie. Crăciunul venise și trecuse cu tot fastul și splendoarea obișnuită, la fel și intrarea în noul an. E-Z era cu încă un an mai mare, dulce șaisprezece și toată gașca era împreună în camera lui. Charles Dickens li s-a alăturat prin Facetime.

În capătul holului, gemenii - Jack și Jill, făceau scandal. Sam și Samantha încă se obișnuiau cu rutina noilor sosiți. Nimeni din casă nu dormea prea mult, până când nu și-au deschis cadourile de Crăciun. E-Z, Lia și chiar și Alfred au primit căști care blochează sunetul.

E-Z se gândise la alte modalități prin care le-ar putea învinge pe Furii. În afară de ideea lui de a se duce după ele în joc. Puține alte opțiuni se prezentau.

În timp ce ceilalți dormeau, avusese câteva conversații online cu Charles. Charles credea că dacă le-ar învinge la propriul lor joc ar fi "total dur". '

E-Z era un pic îngrijorat de ce alte fraze îl învățau acei detectoriști pe Charles. Împreună au decis să pună grupul la curent cu discuțiile lor despre cum să avanseze ideea de joc.

"Este ușor", a spus Charles Dickens. "E-Z și cu mine am vorbit la telefon zilele trecute și ne-am dat seama ce ar putea funcționa. Dacă au ceva informații despre Cei Trei - adică sunteți peste tot pe internet - vor ști despre voi. Dar nu vor ști despre mine.

"Nu că le-ar fi frică de mine. Deși Edward Bulwer-Lytton a scris odată: "stiloul este mai puternic decât sabia". În acest caz, sper că ar fi adevărat.

"Așadar, am exersat cu prietenii mei, detectorii. Ne-am gândit că cel mai bun joc în care să îi băgăm, este un joc existent. Și credem că știm care este jocul perfect.

"Se numește "The PK Crew". Ratingul jocului este 13+ sau 12+ în unele locuri și este gratuit. Motivul jocului este de a ucide pe toată lumea, inclusiv familia și prietenii tăi. Ești recompensat pentru fiecare omor, dar când ucizi oameni apropiați, primești chiar mai multe puncte. Mai mulți bani. Chiar și notorietate în cadrul jocului. Imaginea ta pe televizorul PK TV. Pe prima pagină a ziarului The Peachy Keen Times. Jocul se petrece într-un oraș fictiv numit Peachy Keen. Este capcana perfectă - și este un joc pe care îl vom lansa noi înșine. Eu voi juca în rolul unui copil de 12 ani, ei vor intra în joc și voi veți fi deja acolo."

"Va fi destul de sigur", a spus E-Z. "Adică, voi sunteți deja morți - adică în viața voastră trecută - așa că nu vă pot ucide."

S-a auzit o bătaie în ușă, "Este deschisă", a spus E-Z.

Lia a sărit în sus și și-a aruncat brațele în jurul lui Rosalie. "Mă bucur să văd că te-ai trezit", a spus ea în timp ce se cuibărea în puloverul gros al prietenei sale.

Rosalie devenise o parte importantă a echipei lor. Cu toate acestea, nu i se permitea să mai stea cu ei decât pentru încă o zi. După aceea, trebuia să se întoarcă la cămin.

În timp ce se îndrepta spre cameră pentru a se așeza, l-a mângâiat pe Alfred, lebăda, pe cap. Deveniseră cu toții prieteni buni, de când ea sosise înaintea bebelușilor.

"Am câteva lucruri să vă spun. În primul rând, vă mulțumesc că m-ați primit atât de bine. A fost minunat să vă văd și vă mulțumesc că m-ați făcut să mă simt parte din echipa voastră."

"Ahhhhh", a spus Lia.

"Ceea ce trebuie să vă spun este că am scris într-o carte despre alți copii cu puteri speciale ca și voi. Este în sertarul mesei mele de noapte. Data viitoare când vii în vizită, ți-o voi da, ca să te duci să-i aduci pe ceilalți să te ajute să le învingi pe Furii."

"Vom avea nevoie de tot ajutorul pe care îl putem primi", a spus Lia.

"Raphael și Eriel cred că te pot ajuta, de aceea au vrut ca eu să le dau detalii. De aceea am scris totul - ca să nu uit nimic important."

"De aceea Raphael și Eriel te-au tras în camera albă?" a întrebat E-Z.

"Da și nu. Adică da. Ei știu despre ceilalți copii. Dar nu, nu mi-au cerut în mod direct să le predau informațiile despre ei. Știu că acești copii sunt importanți pentru tine și că fără ei nu poți învinge The Furies."

"Ce știi despre The Furies?" a întrebat Alfred.

Rosalie a tremurat și și-a încrucișat brațele. "Știu câteva lucruri despre ele. Cum ar fi că sunt trei surori înfricoșătoare, care s-au întors aici pe pământ ca să nu facă nimic bun."

E-Z a spus: "Nu glumești. Am văzut cu ochii mei pagubele pe care le-au făcut până acum. Lucrăm la un plan. Dar spune-ne, unde sunt ceilalți copii? Credeți că ne vor ajuta? Asta dacă găsim o cale de a-i aduce aici".

"Sunt copii buni, dar va trebui să le cereți lor și părinților lor permisiunea. Unul este în cealaltă parte a lumii, în Australia, unul este în Japonia, iar celălalt este în Statele Unite, în Phoenix, Arizona. Este posibil să mai fie și alții, dar aceștia trei sunt singurii cu care am avut contact până acum", a spus Rosalie.

"Pe de altă parte, aducerea unor copii noi va complica lucrurile", a spus E-Z. "În plus, dacă eșuăm, atunci nu va mai fi nimeni care să ne ia locul. Poate că ar fi mai bine să ne descurcăm singuri, cu cât mai puțină expunere posibilă. Dacă noi putem să o facem, adică să le eliminăm pe The Furies - de ce să implicăm pe alții? Străini? De ce să riscăm viețile altor copii?"

"Nu cu mult timp în urmă eram cu toții niște străini", a spus Alfred.

"Eu sunt încă un străin - chiar dacă suntem rude", a cântărit Charles Dickens. "Dar eu nu sunt unul dintre Cei Trei. E-Z este la conducere și sunt fericit să fac tot ce crede el că este mai bine. Detectorii spun că sunt un începător. Și este adevărat."

Rosalie s-a uitat la băiatul din Ecran. "Nu am fost prezentați cum trebuie", a spus ea. "Eu sunt Rosalie și sunt destul de sigură că sunt mai începătoare decât tine."

Charles a râs. "Eu sunt Charles Dickens."

"Ai vreo legătură cu Charles Dickens?". a întrebat Rosalie.

"Uh, da, eu sunt el - reîncarnat."

Rosalie a râs. "Am crezut că am auzit totul. Ei bine, mă bucur să te cunosc, Charles".

S-a auzit o bătaie puternică la ușa din față.

Câteva secunde mai târziu, picioarele încălțate cu cizme își făceau drum pe hol, împotriva protestelor lui Sam.

"Rosalie", a spus cel mai voinic dintre cei doi bărbați prin ușa închisă. "Este timpul să ne întoarcem în casă. Ai nevoie de medicamente, așa că ieși afară, sau va trebui să venim noi după tine."

Rosalie s-a ridicat în picioare: "Se pare că ți-am spus tot ce trebuia să știi și la timp." S-a îndreptat spre ușă, a deschis-o și a ieșit împreună cu însoțitorii.

În partea din spate a ambulanței, un minut, apoi în camera albă. Rafturile și cărțile erau aceleași, dar mirosul nu era același. Înainte nu mirosea deloc, dar acum, era urât. Puturos. Urât. Ca de înălbitor și ouă stricate.

Prin perete au intrat trei femei îmbrăcate din cap până în picioare în negru. În loc de păr, aveau șerpi. Și mai mulți șerpi se târau în sus și în jos pe brațele lor. Au zburat spre ea. Aripile lor ca de liliac contrastau cu puritatea și albeața camerei. Din ochii lor ieșea spumă de sânge, în timp ce-și fluturau biciurile în direcția ei.

Iar duhoarea lor era insuportabilă.

"Spuneți-ne ce vrem să știm", i-au reproșat la unison Furiile.

"Nu știu ce mă întrebați", a spus Rosalie, strângându-și nasul.

WHIP.

Pocnetul biciului a zgâriat pielea de pe obrazul bătrânei. Când și-a atins fața și și-a privit mâna, aceasta era plină de sânge.

"Știi", a spus Allie, în timp ce ea și surorile ei dădeau din nou cu biciul în apropierea femeii în vârstă.

"Nu știu ce vrei să spui."

Un raft de cărți s-a răsturnat. Dacă nu ar fi fost scara care se mișca rapid, Rosalie ar fi fost strivită sub ea.

BĂTAIE.

Visez, se gândi Rosalie. Trebuie să mă trezesc. Trebuie să mă trezesc ACUM și să scap de aceste creaturi oribile și puturoase.

O altă bibliotecă a căzut.

Apoi încă una. Și încă una.

În curând, și scara a lovit podeaua și a ricoșat. O dată, de două ori, de trei ori. Apoi s-a sfărâmat în bucăți.

"Oh, nu!" a strigat Rosalie.

"O să ne spui iubire", a cerut Tisi, în timp ce o ridica pe femeia mai în vârstă de la pământ, în timp ce brațele ei șerpuite o înfășurau.

Picioarele lui Rosalie atârnau precar. În timp ce șerpii își strângeau mrejele în jurul părții superioare a corpului ei.

"Ai grijă, soră, o să-i provoci un atac de cord", a țipat Meg apropiindu-se mai mult de Rosalie. "Dă-ne ce vrem, iubire".

"Nu vă spun, nimic. Indiferent ce-mi faceți", a spus Rosalie.

Era atât de curajoasă. Pentru că știa că nu era singură. Lia era acolo, ascultând.

"Asta e o pierdere totală de timp", a spus Allie în timp ce trimitea un bici în aer și doborâse un întreg perete de rafturi. Câteva cărți înaripate s-au zbătut să iasă de sub rafturi. Una dintre ele a încercat să zboare cu singura aripă care îi mai rămăsese.

Tisi s-a întors spre peretele îndepărtat și a dat foc cărților. Acestea au căzut, ca niște piese de domino, peste biata Rosalie, care era îngropată sub cărțile în flăcări.

Furiile au râs tare și mândru.

Rosalie a strigat numele Liei în mintea ei. Unde ești Lia? a întrebat ea. Unde ești, micuțo?

Înapoi în casă, E-Z și-a deschis laptopul. "Bine, am avut ocazia să dormim pe el. Suntem cu toții de acord, că nu avem altă soluție decât să ne luptăm cu The Furies?".

Lia și Alfred au dat din cap.

"Și trebuie să-i luăm pe ceilalți copii și să-i aducem aici. Suntem trei dintre noi și trei dintre ei. Lia, tu te duci la Phoenix - Micuța Dorrit te poate duce sau poți zbura cu un avion."

"O prefer pe Micuța Dorrit".

"Bine, primul copil este sortat. Deși nu știm cum o cheamă și nici unde anume se află în Phoenix, Arizona. Și va trebui să vă lămuriți cu părinții ei. Nu va fi ușor, pentru că va trebui să le spui în ce fel de pericol va intra copilul lor."

"Da, va trebui să aflu mai multe detalii de la Rosalie."

"Alfred, poți să te duci în Japonia. Îți sugerez să zbori cu avionul - va trebui să ne ocupăm de logistică. Va trebui să zbori înapoi cu copilul, asta presupunând că părinții lui îți vor da undă verde. Din nou, avem nevoie de precizări de la Rosalie despre unde se află copilul. Și va exista o barieră lingvistică, dacă nu cumva știi japoneză?"

Alfred a clătinat din cap.

"O să aduc un translator."

"Îți vom face rost de un telefon și poți pune o aplicație care să facă traducerea pentru tine. Va fi o curbă de învățare", a spus E-Z. "Mai ales că nu ai degete".

"Sună bine pentru mine", a spus Alfred. "Va trebui să încep să lucrez cu telefonul imediat. Nu ar trebui să dureze mult să mă descurc. Între timp, Rosalie îi poate spune copilului că sunt o lebădă - ca să nu cadă și să leșine când mă vor vedea prima dată."

"E o idee bună", a spus Lia. "Dar cum o să scrii la mașină?".

"Pot să-mi folosesc ciocul."

"Sau un program activat prin voce", a spus E-Z.

"Mișto", au spus Lia și Alfred la unison.

"Și voi zbura până în Australia. Voi lua un avion înapoi cu copilul, dar va fi mai rapid dacă mă duc direct acolo. Oh, și încă ceva, trebuie să ne gândim la o trapă pentru noi. O cale prin care să putem ieși - în cazul în care unul sau mai mulți dintre noi ar fi prinși, uciși sau răniți. Trebuie să fim pregătiți pentru orice. Dacă murim înainte de a termina chestia asta, nu va mai fi nimeni care să ridice bucățile."

"Arhanghelii", a bâiguit Lia, apoi s-a oprit. A tremurat, apoi nu și-a mai putut recupera respirația. Și-a înfășurat brațele în jurul ei.

"Ești bine?" a întrebat E-Z.

"Shhh", a spus ea. Nu se auzea niciun sunet în cameră și nici în mintea ei, era o tăcere absolută și completă. Ritmul ei cardiac a revenit la normal, la fel ca și respirația ei.

"Alarmă falsă", a spus ea. "Am crezut că ceva nu este în regulă, ca și cum aș fi primit un SOS, dar totul pare în regulă acum".

"Se întâmplă des așa ceva?" a întrebat Alfred.

"Nu", a spus Lia.

"Bine, hai să începem să facem un brainstorming", a spus E-Z. Și și-au petrecut restul zilei făcând o listă, stabilind la zero ce ar putea merge prost și ce ar putea merge bine.

S-au dus în camerele lor și au dormit.

A fost o noapte liniștită pentru toată lumea, mai puțin pentru Rosalie.

Rosalie, a cărei voce nu a fost auzită.

A cărei voce nu a primit răspuns.

Niciun ajutor nu a sosit.

Camera Albă a fost distrusă.

Nimeni nu a venit să o salveze pe Rosalie.

De Furiile rele.

Recunoștințe

Dragi cititori,

Vă mulțumesc pentru că ați citit cea de-a treia carte din seria E-Z Dickens... Îmi pare rău pentru finalul trist, dar uneori se întâmplă astfel de lucruri.

Ultima carte va fi disponibilă în curând!

Mulțumesc încă o dată tuturor celor care m-au ajutat să fac din această serie tot ceea ce poate fi, cum ar fi cititorii mei beta, cititorii de corecție și editorii. Felicitări!

Prietenilor și familiei mele, vă mulțumesc pentru încurajare și susținere.

Și, ca întotdeauna, lectură plăcută!

Cathy

Despre autor

Cathy McGough trăiește și scrie în Ontario, Canada, împreună cu soțul ei, fiul, cele două pisici și un câine.

Dacă doriți să îi trimiteți un e-mail lui Cathy, adresa ei este cathy@cathymcgough.com.

Lui Cathy îi place să primească vești de la cititorii ei.

De asemenea, de către:

FICȚIUNE
YA
E-Z DICKENS SUPER-EROU CARTEA A PATRA: PE
GHEAȚĂ
NON-FICTION
103 idei de strângere de fonduri pentru părinții
voluntari cu
școli și echipe (locul 3 BEST REFERENCE 2016
METAMORPH PUBLISHING)
+ Cărți pentru copii

www.ingramcontent.com/pod-product-compliance
Lightning Source LLC
Chambersburg PA
CBHW060410310726
48976CB00003B/1001